世界经典动物小说精粹

名家·名编·名作　强强联合

动物小说大王
沈石溪
★
主编

[美] 埃莉诺·阿特金森 著

张凯航 译

忠犬波比

二十一世纪出版社集团
21st Century Publishing Group

图书在版编目（CIP）数据

忠犬波比 /（美）埃莉诺·阿特金森著；张凯航译；沈石溪主编. — 南昌：二十一世纪出版社集团，2023.2
（世界经典动物小说精粹）
ISBN 978-7-5568-5950-4

Ⅰ.①忠… Ⅱ.①埃… ②张… ③沈… Ⅲ.①长篇小说—美国—现代 Ⅳ.①I712.45

中国版本图书馆CIP数据核字（2022）第033115号

忠犬波比
ZHONG QUAN BOBI
[美]埃莉诺·阿特金森/著　张凯航/译　沈石溪/主编

出 版 人	刘凯军
策　　划	吴童文化
执行策划	童海青
责任编辑	朱　莹
美术编辑	王　桥
插　　图	张亚宁
出版发行	二十一世纪出版社集团
	（江西省南昌市子安路75号　330025）
网　　址	www.21cccc.com
经　　销	新华书店
印　　刷	江西千叶彩印有限公司
开　　本	889 mm×1300 mm　1/32
印　　张	8.5
字　　数	150千字
版　　次	2023年2月第1版
印　　次	2023年2月第1次印刷
书　　号	ISBN 978-7-5568-5950-4
定　　价	25.00元

赣版权登字-04-2022-115　版权所有，侵权必究
购买本社图书，如有问题请联系我们：扫描封底二维码进入官方服务号；
服务电话：0791-86512056（工作时间可拨打）；服务邮箱：21sjcbs@21cccc.com。

金子般的心肠
——为"世界经典动物小说精粹"丛书作序

沈石溪

全世界所有的少年儿童都喜欢动物,都对动物感兴趣。孩子通过和猫、狗、鸡、燕子、蟋蟀等走兽飞禽昆虫打交道,才从感性上逐步认清人类的价值和人类在地球上的位置。正由于少年儿童和动物这种天然的友谊,描写动物的作品才经久不衰,备受青睐。

动物小说不同于传统的动物童话、动物故事和动物传记文学。比起动物童话来,动物小说受物种自然属性的严格限制,不能随意违反常规改变描写对象的行为特征,而要讲究科学性和真实感。比起动物故事来,动物小说的笔触由动物的行为层面进入心理层面,形象由类型化上升到个性化,并注入哲理意蕴。

比起动物传记文学来，动物小说注重艺术构思，作品充满想象力和浪漫色彩。

动物小说破译野生动物的行为密码，揭示不同物种间的行为差异，具有知识性和趣味性，能满足青少年读者强烈的求知欲。动物小说的主人公是动物，动物受弱肉强食的自然法则支配，生活惊险曲折，命运跌宕起伏，特别适合青少年读者的阅读口味。动物小说所描写的对象不受人类法律、道德和社会习俗的钳制和束缚，善恶美丑浑然一体，更接近生命的真实。动物小说折射出人生的复杂与严峻，让读者从中感知到人世间种种悲剧与问题的原始起因，窥探到生物层面上的终极答案。由此，动物小说经得起时间的淘洗，具有久远的生命力，理所当然受到青少年读者的钟情和迷恋。

这次，由二十一世纪出版社集团和上海吴童文化工作室联袂推出的"世界经典动物小说精粹"丛书，可以说是世界动物小说的精品荟萃和艺术盛宴。世界动物文学形成已有一百多年历史，作品汗牛充栋、卷帙浩繁。而这套书中的作品，每本都是精中选精，优中择优，包括《黑骏马》《莱茜回家》《忠犬波比》《野性的呼唤》《白牙》《西顿野生动物故事精选》六部国外作品。可以说，每一部作品都是某个时期动物小说创作隆起的一道山脉，都是世界动物文学王冠上的一颗明珠，都是人类文化宝库中的精品和不朽之作。

这六部作品涉及五位作家。请允许我对这五位作家一一做个简要评述。

　　加拿大的欧内斯特·西顿是享有国际声誉的作家，是动物小说这一文学体裁的开创者。西顿出生在英国的南希尔兹，六岁时和家人一起去加拿大。他学过自然科学，后来又到法国学过写生画，既是作家，又是博物学家和画家。他天生喜爱动物，年轻时就开始悉心观察、研究大自然的飞禽走兽；后来又在加拿大的草原开办农场，亲自饲养各种动物；曾在巴黎举办个人画展，展出他的动物画。1898年，他的《我所知道的野生动物》出版。他为八种不同的动物写"传记"，从它们幼时写到衰老或由于人类的暴虐无道而夭亡。这本书获得极大成功，奠定了他不可撼动的"动物文学之父"的崇高地位，也使得他在经济上获得了独立，并赢得了美国总统西奥多·罗斯福的友谊。一个多世纪以来，西顿的作品一直是热爱动物者的必读经典，广受世界各国青少年的喜爱。

　　阅读西顿的动物小说，能强烈感受到他热爱大自然、热爱野生动物的伟大情怀。西顿因为热爱野生动物，所以对肆无忌惮猎杀和迫害野生动物的人予以强烈的谴责。西顿曾公开说过："自由的野生动物有着高贵的自尊和伟大的情感，它们也是我一生中见过的最富有人情味的生命。我们人类才是一群靠着发达的头脑肆意毁灭自然、践踏生命的野兽。"西顿毫不隐讳地表达了这样一个理念：在人与动物的关系中，动物常常是无辜的受害者，卑鄙下流、不讲信义的反而是人。惊世骇俗，振聋发聩，直逼人心！这样的观点，在今天看来，也许算不了什么，但在一个多世纪前，环保意识远不如今天这般深入人心，以动物的纯真来反衬人类的卑鄙，以动物的善良来对照人类的贪婪，以动物的美丽来反观人类的丑陋，是需要极大勇气的。西顿可以说是全世界首位野生动物代言人和保护者。不仅他的动物小说给几代读者带来美的享受，他敬畏生命、尊重野生动物的理念，也深刻影响了后来的动物小说作家，成为动物小说创作永恒的价值追求。

杰克·伦敦是世界文学史上享有崇高声誉的作家，也是动物小说的开山鼻祖。他一生的经历非常复杂。他是私生子，当过报童，做过工人，当过盗贼，蹲过监狱，做过水手，上过捕鲸船，做过淘金者，做过记者，甚至当过拳击手。他只活到四十岁，因对生活绝望而自杀。杰克·伦敦的写作时间也很短，他1899年发表第一篇文章，1916年自杀身亡，创作时间仅十八个年头，却留下了五十多部作品，也算是一位高产作家。他最著名的作品是长篇小说《热爱生命》，该作品讲述的是一个淘金者被同伴抛弃，迷路于荒野，与一只病狼争夺活下去的机会，最后杀死病狼，靠吃狼肉走出了迷途的故事。

杰克·伦敦还创作了"野性三部曲"：《野性的呼唤》《海狼》《白牙》。这几部描写动物和野性的小说，用黄钟大吕为动物放声唱出一支狂野的歌，被誉为动物小说的经典之作。"世界经典动物小说精粹"丛书收录了杰克·伦敦两部最重要的动物小说——《野性的呼唤》和《白牙》。

《野性的呼唤》写一条名叫巴克的狗目睹人世间的冷酷无情,最后在荒野狼群的呼唤下逃入了森林,变成了狼的故事。《白牙》描写的是一只有四分之一狗的血统的混血狼。它从小失去父母,在弱肉强食的丛林里受尽残酷生活的折磨,被迫去做"斗犬"。人在狗身上押注赌钱,让猛犬自相残杀,人在一旁观赏取乐。经过一系列变故,白牙九死一生,身上伤痕累累,心灵也遭受严重创伤。它仇恨同类,仇恨人类,仇恨一切,变成一只暴戾、残忍、变态的狼。这个时候,它遇到了新主人斯科特先生。斯科特先生代表了人类的理性、正义和宽容。更重要的是,斯科特先生有一颗包容残缺生灵的爱心。在斯科特先生的悉心调教下,白牙感受到了生命的温情,因爱而对主人忠心耿耿,变成一条忠勇的狗,最后与入室作恶的歹徒搏斗,拼死护卫主人的家庭。

杰克·伦敦虽然写的是动物,但他身为现实主义作家,笔锋所指就是那个时代混乱不堪的美国社会,批判把人异化成兽的恶劣生存环境。

这两部经典动物小说揭示了这样一个跨越时空的主题:饥饿与贫穷会把人变成兽,把狗变成狼;互相仇恨无助于改变苦难的生活,只会让生活变得越来越糟糕;只有爱和信任,才能从根本上让大家消除偏见,过上祥和幸福的生活。

从艺术角度看,这两部作品结构精美完整,把"野性—堕落—叛逆—转变"的过程写得环环相扣,天衣无缝,合情合理,顺理成章,令人信服;语言鲜活优美,极具表达力,无论是描写狗,还是刻画人,都能写出其特征和个性,将其活灵活现地展现在读者面前。

这套丛书中另一部堪称经典的动物小说是《黑骏马》。这是19世纪中叶一位英国女作家的作品。有意思的是,这是一位仅有一部作品的作家。安娜·休厄尔十四岁时意外摔伤膝盖,落下残疾,从此终生离不开拐杖。她对动物充满仁爱之心,尤其是对马,视之为生活中最好的伙伴。她驾车从来不用鞭子,而是通过缰绳的变化和自己的话语来指引马。出于对人类虐待动物的强烈不满,她花六年时间创作了《黑骏马》。她希望通过黑骏马苦难而又辉煌的一生唤醒人们的善心和同情心,"要仁慈地对待动物"。虽然安娜·休厄尔一生只写了一本书,但这本书却为她赢得很大声誉,自出版之后就轰动欧洲文坛,被译成多国文字,畅销不衰,广泛流传,还多次被搬上大银幕。这部书的问世,还影响了动物文学的发展趋势。这是第一部以马作为主人公的小说。以马的视角来看世界,这在以前的动物文学里是从来没有过的。因此,《黑骏马》被誉为"第一部真正的动物小说"。

收进这套"世界经典动物小说精粹"的还有英国作家埃里克·奈特写的《莱茜回家》。这是一部写狗的小说,主角是一条名叫莱茜的狗,它忠诚、勇敢、执着、善良、坚韧……与主人结下了终生不渝的友情。这部小说以当时一只苏格兰柯利犬的真实故事为蓝本写的小说，带有明显的纪实文学风格，用最真实、最细腻、最感人、最温情的笔触描摹出动物丰富深邃的内心和情感世界，抒写了生命的尊严和自由的梦想。世界上写狗的作品有很多，但唯有《莱茜回家》被公认是"关于狗的全球性经典小说"。这部小说一出版便荣登畅销榜，不仅成为美国每月读书会特别推荐图书，而且出版三年后被世界著名电影公司米高梅公司搬上银幕。影片大获成功，也一举捧红了当年的童星伊丽莎白·泰勒。此后的半个多世纪里，莱茜的故事又被英国、加拿大、日本等多个国家改编成七部电影、一部广播剧和一部电视连续剧。莱茜也因此成为长盛不衰的明星狗。

丛书里最后一部外国小说是美国作家埃莉诺·阿特金森写的《忠犬波比》。这部小说也是写人与狗之间生死相依的高贵情感。作者是长期从事新闻工作的记者。据说这部小说的素材来源于真实发生的事件。小说的情节并不复杂，写的是一只名叫波比的小狗与老主人相依为命的故事。老主人病逝后葬于教堂墓地，波比忠诚不渝地守护在老主人墓旁，至死也没改变。波比的忠贞受到人们的广泛尊重，波比死后得到了一座属于它自己的纪念碑。这个题材与人心冷漠、世态炎凉的西方社会无疑形成了鲜明的对照，通过描写狗的行为来反观人类自身的行为，具有很强的针对性和特殊的现实意义。

毫无疑问，这套"世界经典动物小说精粹"的出版，是动物小说一次辉煌的展览，一次威武雄壮的检阅。

值得一提的是，这六部作品都是请既精通外文，又具有很高文学素养的翻译家重新做的翻译。新译本既保留了经典的高品质，在文字表达上，又恰当地融入了中国元素和时尚元素，增强了文学魅力，可以说是一种文化的提炼和艺术的雕琢，使得作品焕然一新，更适合中国读者阅读。

这套书也精选了我的一些动物小说代表作，放在《沈石溪动物小说精选（一）》和《沈石溪动物小说精选（二）》两本书里。

最后，我要为这篇序做一个破题：为什么要用"金子般的心肠"来做这篇序的题目呢？首先要介绍这句话的出处。这句话出自波兰著名作家扬·格拉鲍夫斯基之口。扬·格拉鲍夫斯基也是一位优秀的动物小说作家，曾写过《乌鸦天使》。我借用扬·格拉鲍夫斯基这句名言，想表达三层意思。第一层意思，与扬·格拉鲍夫斯基相同，在与动物的长期交往中，我也深有感触，那些可爱的动物有"金子般的心肠"；第二层意思，那些用心血来描写动物灵性的作家也具有"金子般的心肠"；第三层意思，喜欢阅读动物小说的青少年读者都是热爱大自然、关爱生命的人，善良仁慈，也有"金子般的心肠"。

人人都有"金子般的心肠"，世界就会变得越来越美好。

是为序。

于上海梅陇书房

目　录

第一章　返城寻主人 / 1

第二章　暴风雨之夜 / 15

第三章　魂断阁楼 / 34

第四章　墓园拉锯战 / 54

第五章　逃离乡村牧场 / 72

第六章　征服看守人 / 91

第七章　刺激的郊游 / 111

第八章　飞来横祸 / 133

第九章　暖暖的爱 / 153

第十章　迷失城堡 / 178

第十一章　悬崖逃生 / 200

第十二章　永不消逝的传奇 / 224

译后记 / 252

附录一　作家档案 / 256

附录二　作品万花筒 / 258

第一章　返城寻主人

爱丁堡城堡的报时大炮轰隆鸣响,波比冷不丁地吠叫一声。它不过是只乡村小狗——一只年幼、娇小、被毛却极为浓密的斯凯梗小猎犬,长在彭特兰丘陵地带那石楠密布的山坡上。在那里,柯利牧羊犬的吠叫声或是羊脖子上的响铃声已经算是最大的声响了。那天早上,它跟随农场的苦力老乔克来到了每周开办一次的格拉斯广场上的集市。苏格兰首府的格拉斯广场处于城堡山南面山脚下狭长的山谷中。集市上空两百英尺处,高悬的半月形岩架正是安放那尊报时大炮的地方。城中的每个角落,都足以被这一点钟的报时炮声所惊到;而在格拉斯集市,那震天撼地的炮声直接就响在头顶之上。这样的炮声,小狗只需听上一次便会在脑海里留下深刻的烙印。波比虽然已经听过很多次了，但依然会尖厉地叫一声，以抗议炮声对自己耳朵的折磨。然而，在它活泼的小脑瓜里，炮声总能勾起它一火车的快乐回忆，因为每次炮声过后，就该去做那件令它开心的事了。

1858年，波比还小时，维多利亚女王还是一位幸福的妻子和母亲，孩儿们承欢膝下。他们或住在温莎城堡，或住在巴尔莫勒尔堡。那时爱丁堡的格拉斯广场依然留有中世纪的印记，哥特式风格像极了德国的纽伦堡，其日渐衰落的气象也与纽伦堡如出一辙。除了经典的谷物交易大楼以外，没有一幢现代建筑。这个地势低洼的广场沿着南北中轴线延伸开去，广场上尽是些高大陈旧的木贴面石头建筑。这些建筑聚在一起，如同燕子窝似的，倚靠在背后山石嶙峋的山体上。

穿过集市的最东端，山谷陡然变窄，形成了峡谷似的牛门街。高高的交通繁忙的乔治四世大桥横跨广场，桥拱之下行人如织。大桥高高屹立，桥上建有双排建筑。大桥从城堡广场下面高街上耸立的哥特式老建筑群中间穿过，一路傲视牛门街两侧林立的最高最老的楼群，延伸开去，最终缓缓俯冲，与南部高地较低处的格雷弗莱尔教堂的主入口相连接。

格雷弗莱尔教堂的新旧两座小教堂是建在一起的，共享一个屋顶。整座建筑呈扶壁式，长而且矮，没有塔楼，也没有尖顶。新教堂属于安妮女王时代，而老教堂则建造于清教徒起航去美洲之前。在过去，这里曾是一个修道院，而这座建筑只是其多座宗教建筑中的一座。这里的地势颇为有利，朝着格拉斯广场所在的山谷倾斜，眺望高处的城堡可一览无余。在波比生活的时代，这个院落已萎缩成墓碑林立的狭长墓园，从紧邻集市的那些建筑后面延伸出去，爬上山坡，越过山头，直到地势再次走低，到达伯勒缪尔。在格拉斯广场上是看不到教堂和墓园的，因为有建筑物的阻挡——昔日那些高大宏伟的大厅广厦，如今已破败不堪，成为爱丁堡最肮脏的贫民窟了。而从大桥引桥末端，则可窥视墓园：在一排生意兴隆的小商店与古老的蜡烛行业会馆大楼之间，镶嵌着两扇精致的铁门，透过铁门可以瞥见教堂那厚重的墙壁、挑尖的窗户和一座座墓碑。

位于爱丁堡旧城中心的格拉斯广场原是一座采石场，四周由岩石砌成，是一处极具历史意义的所在。一只小狗的吠叫根本不值一提。与其风云激荡的历史更为相称的是大炮的轰鸣。每天一点钟，无论晴朗、多云还是狂风大作，都能看到一股浓烟腾起，紧接着便是一声震耳欲聋的轰响和一连串此起彼伏的深谷回声，就连格拉斯集市最年长的顾客都难以适应。这周三，在喧嚣的买卖声中，报时的炮声突然鸣响，人们无不惊跳起来，然而谁都没有小波比恢复得快。这只聪明的小狗大约知道炮声的作用，它懒懒地打个哈欠，掩饰自己受到的惊吓，然后径直去做最重要的事——找老乔克。

集市结束了。短短五分钟后，这片偌大的空地便没了人影，沉寂得如同工作日里的格雷弗莱尔墓园。那些牲口贩子和马夫们迅速地钻进廉价而喧闹的怀特·哈特酒馆——一家面朝集市、背倚山岩的酒馆——去找乐子了。农民们则飞速地赶往干净的乡村。城里的租客们或者穿过窄巷胡同，爬上层层楼梯，回到四面漏风的格子间里，或者通过宏伟的大门钻进肮脏的院落和房间。乞丐和扒手们则拥入大桥的拱洞中，加入牛门街上的人潮中，那里真是昏暗泥泞，恶臭难挡。

十一月里，寒风凛冽。坦普尔出租楼最高的山墙上，圣约翰骑士团的金属十字架被风吹得吱吱嘎嘎作响。大楼背面破落不堪，正朝着格雷弗莱尔墓园。城堡的城垛间，乌云低垂。周围几匹马儿嚼着食槽里的草料。从石崖上、木廊上飞下来成群的麻雀，啄食着散落在地上的谷粒。房檐下泥巢里飞出的燕子在空中翩跹起舞，追逐蚊蝇。老鼠也鬼鬼祟祟地出洞觅食。而那只惊慌的小猎犬在空空荡荡的广场上一遍一遍找寻着老乔克的身影。

波比和人一样，知道午饭的时间到了。报时的炮声一响，老乔克照例会去一家温暖舒适的小餐馆就餐。这家餐馆的顾客主要是来自格雷弗莱尔教堂附近的一些贫穷的人——小店主、小职员、佃农,以及廉租房里的医学院学生。餐馆的名字叫格雷弗莱尔老餐厅,与墓园大门仅隔了四个门洞的距离,老板是约翰·特雷尔先生。餐馆里壁炉边的高背长椅,在老乔克和波比的眼中,早已经像是自家的东西了。长椅后面还有一张桌子和一把嵌进墙壁的椅子。那面墙壁上开了扇极小的窗,透过窗和外面的围墙就能看到那片古老的安息之地。

那儿的景象可称不上怡人——隆起的坟堆密密麻麻,厚石板与大石块鳞次栉比,受尽岁月侵蚀的墓碑和穹顶层层叠叠,东面和北面则是高大的廉租楼及商铺的背面。不过这景象却合老乔克的意,大概是由于他有某种忧郁的心结。站在他脚下的波比是看不到墓园的,可是它无论如何都不会为此而神伤。这只没见过死亡的小猎犬,无忧无虑而又顽皮淘气,时刻准备好了去冒险。

墓园大门的石柱上有块牌子,上面明确地写着"狗不得入内"。波比好像能看懂似的,知道那里是禁地。过去一次痛苦的经历也让它认识到了这一点。有一天,墓园的边门偶然开着,波比跑进去追一只野猫。它从一座座墓地一直追到了西边墙外赫里奥特医院的大草坪上。

小波比的胡闹并不是到此为止。赫里奥特医院，名字虽为医院，其实根本不是医院。它建造及定名之时，还是斯图亚特王朝统治时期，国王住在荷里路德宫，苏格兰宫廷讲的是法语。那时候，它是多么壮观：拥有一所慈善学校，到处是塔楼及城垛，绚丽的窗户数不胜数，整个色调明快而怡人。它是由一位名叫赫里奥特的金匠所捐赠的。那位捐赠人总是身穿紧身上衣，衣领挺括。他很有钱，人们戏谑地称他为"基尼①叮当响的赫里奥特"。可是他却没有子嗣。这所学校致力于对"失去双亲的儿童或丧父的男孩"的抚养及教育。它过去地处一座广阔的公园内，犹如一座地主庄园，屹立在那里长达两个多世纪。而今，它周围却全变成了肮脏的集市和密集的贫民窟。"失去双亲的儿童或丧父的男孩"被源源不断地从周边地区输送进来。

波比翻墙追逐那只不幸的野猫时，正值赫里奥特孩子们午间休息时间。几百个小男孩正在玩着板球或是蛙跳游戏。波比没再追下去，因为那些男孩子加入了追逐。他们边跑边喊。这无端的喧闹搅扰了墓园的清静。波比狂叫着往回跑，精神无比亢奋。它在草坡上欢快地打滚，绕着一座座恐怖的古墓蹦蹦跳跳，在低矮的桌式墓下钻来钻去，直到精疲力竭地回到老乔克身边，伸开四肢趴在地上，还

---

① 基尼：英国昔日金币单位。——本书脚注均为译注

一刻不停地兴奋地闹腾着。

在墓园里发生这样的事，真是太不像话了！墓地看守人从大门旁边的小石屋内冲出来，气急败坏地嚷嚷着要老乔克对波比的恶作剧负责。这位虔诚的牧羊老人被眼前的一切惊呆了，尴尬地站在那里，帽子拿在手中，低声下气地赔礼道歉。看到主人公然受辱，波比的愤怒与胆量一起爆发。它冲上前去，朝看守人的小腿上咬了一口。看守人疼得嗷嗷叫，骂着把老乔克和波比赶出了大门，引得门外看热闹的流浪儿们一阵哄笑。

一只猫引发了多好的一出戏啊！在波比看来，这场紧张激烈的戏结束得太没道理了。不过它深深懂得老乔克因为此事所感受到的耻辱和郁闷。这只欢快又机灵的小狗，脾气也很好，它乖乖地接受了主人的惩罚，并将教训铭记在心。自此以后，它每次路过墓园大门，都是规规矩矩的。要是碰到哪只需要修理的野猫，它也只是舔舔嘴唇，极力地抑制内心的冲动。顺便提一句，波比对于那个看守人并不记仇，真是拿得起放得下。

在它生命的第一个夏天，波比学到了很多东西。它可以追着兔子、松鼠和红松鸡跑，还可以到新翻的田地里追赶觅食的海鸥和麻鹬；可以抓出没于牛栏和牛奶场的家鼠或田鼠，却不能骚扰羊及牧羊犬，也不得搅扰牛、马、鸡；

它还知道一件事，就是得步步紧跟着老乔克，否则一个喜欢它的小姑娘就会干涉它的"人身自由"。它可不是女士们的小宠物。只要那个小姑娘一摸它，它就会逃到简陋而温馨的羊圈里去找老乔克。波比与老乔克虽然性情相反，却气味相投，难舍难分。在特雷尔先生热闹的餐馆里，他们总是在安静的一隅愉快地共度这每周一次一小时的悠闲时光。波比吃着剩下的鲱鱼或是黑线鳕——强悍的小斯凯梗犬什么都能吃，管他是熏鱼还是红松鸡的蛋。偶尔，波比还能得到一根一法寻①的骨头好好地啃一啃。老乔克则叼着短烟斗，盯着炉火，或望着墓园，漫无目的地遐想。

十一月的那天上午，波比与老乔克以一种奇怪的方式被分开了。冷山农场的承租人亲自驾着马车进城了，这是很少见的。很快他又驾车出城了，没带老乔克一起走。这种情形，年幼的波比还是头一次见到。波比是被诱骗上马车的驾驶座的，它对那高高的驾驶座垂涎已久。波比伸着舌头，饶有兴趣地透过马的双耳之间看风景。一路上它情绪高涨，沿着起起伏伏的山路一直被带到山顶的费尔迈希德收费站。它那忠诚的小心灵无论如何都不会想到，这是场精心策划的密谋。颇有民主意识的它不知道，眼前这个农夫才是它真正的主人，以后再也不能跟随它自己选择的

---

① 法寻：英国旧时铜币，币值为四分之一便士。

那位卑微的主人了。要不是农夫说了句不该说的话，它真会被带到远方的农场，然后被牢牢地关在牛圈里过夜。马儿一闻到石楠那熟悉的气味，便加快了脚步。农夫看到家那边彭特兰丘陵若隐若现的紫色山坡，一高兴，脑海深处的念头便自然地流露出来。

"哦，波比，俺家小姑娘会站在山头迎你回家的。"

波比竖起了耳朵。这种聪明的小斯凯梗犬，在有限的范围内，对于一些熟悉的话题，能听懂人类的语言，它们这方面的能力的确是很厉害的。一听到"小姑娘"这个词，波比就往身后找自己的老朋友兼永远的庇护者。没找到老乔克的身影，它一下子从尊贵的位子上跳进车后座，然后从车尾跳下了车。它嗅了嗅爱丁堡市区方向的烟尘，准确地定位后便飞奔而去。对于农夫粗暴的喊叫，它得意地吠叫一声，以示回报。那神情好似在说：

"不用操心！我知道怎么回去。"

波比循着崎岖的山间小路艰难地往回跑，又沿着漫长的绕城路跑了四分之一的路程，经过一个多小时才找到那条夹在高墙之间、连接格拉斯广场西端的蜿蜒街道，并回到了广场。对人来说，这其实是有近道的，可是小狗却只能凭印象去追溯马车行驶过的路径。对于这么小的一只动物来说，这无异于一次壮举。它那毛茸茸的腿儿还不足六英寸长；浓密的被毛几乎擦到地面，每一处毛刺、每一处荆棘对它来说都是羁绊；如此年幼，嗅觉还谈不上得到过很好的锻炼。

集市上，波比在人群中穿梭，满怀希望地找寻，不放过林立的大楼间任何一条狭窄的缝隙。它在露天的楼梯上、门廊下、马厩边、桥拱里、立着的马车旁不停地嗅着，甚至连跟老乔克穿的相似的钉靴也要去闻一闻。报时大炮轰隆鸣响时，它嗷地叫了一声，不过真正让它心惊的却是另外一件事：都到晚饭时间了，老乔克去哪儿了？

啊！主人是去吃饭了！它开心地想。

人要是被如此遗弃，肯定会心生愤恨。然而完全信赖主人的小狗的内心却没生出半点嫌隙。一想到主人是去吃饭了，它疲惫的身躯好像长出了翅膀。集市上人群已快散尽，它跟着最后离开的一拨人，走上了蜡烛制造商业街那段新月形的上坡路，一直来到了熟悉的餐馆前。它费力地穿过密密麻麻的桌子腿儿、椅子腿儿和人腿儿，挨到餐馆后面，却发现一位城堡士兵，身穿帅气的红大衣，脚蹬锃亮锃亮的靴子，正舒坦地坐在老乔克常待的壁炉边。

波比呆住了，一动不动地站在那儿。之后，它痛苦地号叫几声，飞快地朝门口跑去。店主约翰·特雷尔先生正站在门中间。他脸形瘦削，胡子刮得极为干净，袖口卷起，穿着白色围裙。他用双腿夹住了飞奔的波比,亲切地拍了它一下。

"波比,你毛茸茸的耳朵里是不是藏着一法寻,到我这儿来买骨头啊?老乔克去哪儿了?"

恐惧再次扣动了心弦。如果没人提起,波比绝不会承认。好心的店主随意问了一句"老乔克去哪儿了",波比的恐惧便夯实了:找不到主人了。它呜咽着挣脱了束缚,像离弦的箭一般冲出门去,冲过陡峭的弯路,再一次回到了集市上。

波比跑得一阵风似的,麻雀们惊飞了又落下来。高处的城堡已笼罩在寒雾中。古老的圣吉尔斯大教堂的王冠尖顶上传来了《苏格兰的风铃草》的旋律。任何糟糕的天气都阻挡不了敲钟人麦克劳德登上四面透风的塔楼,在爱丁堡人晚饭时间奏响钟铃。那一天波比忘记了吃晚饭,因为没找到主人时心烦意乱,找到主人后又欣喜若狂。

在一个奇怪的地方,以一种奇怪的方式,波比意外地发现了老乔克的身影。一只老鼠从一条肮脏逼仄的通道里钻出来。这条通道连着怀特·哈特酒馆背面,这把小狗引向了一个它没有发现的角落。在喧闹的酒馆与黑黝黝的悬崖峭壁之间,隐藏着一个古时遗留下来的斗鸡场。如今那里堆积着各种难以名状的垃圾,老乔克就躺在垃圾堆里一辆废弃的马车上。只见他身上裹着件超大的浅灰色大衣，披着牧羊人的披风，枕着一个装了衣物的格子布包裹，一动不动地躺在那里，呼吸十分沉重。

波比狂叫起来。它叫得那么大声，那么激烈，肺都要叫炸了。它绕着车子，转了一圈一圈又一圈；在车身下面钻过去钻过来，一遍又一遍；在每一个转角，都一阵狂叫。从屋里出来一个样子邋遢的帮厨女工，生气地嚷嚷道："别叫了！把俺耳朵都叫聋了！"她压根没看到暗地里躺着的老乔克，即便看到，也会把他当成从利斯港来的喝醉了的外国水手。她重重地摔上门回屋了，点亮了煤油灯。

在这样肮脏而充满敌意的环境里，也许是出于解救孤立无助的主人的本能，也许是知道了乱叫无用，波比一屁股坐了下去，开始思考这种奇怪而又令人不安的情形。老乔克白天一般是不睡觉的，而且这么大声地叫，也不应该叫不醒他呀。波比真是聪明伶俐、足智多谋！它往后退到最远的一堵墙边开始起跑，一跃跳上老乔克垂下来的两只靴子上，抓着他那粗糙而结实的袜子，沿着双腿爬进了车子里。它立刻把湿润的小鼻子凑到主人脸上，在他耳边尖厉地叫了一声。

老乔克坐起来了，用力地眨了眨眼睛，这让波比无比高兴。不过，它却看不出来，主人的眼睛比平时亮了许多，灰白的脸也红得很不自然。老乔克的脑袋晕乎乎的，过了一会儿才记起，波比不该在这儿。他皱着眉头，看着这只兴奋的小动物，用力地回想事情的原委。而波比却在那儿摇头晃脑，高兴得忘乎所以呢。

"唉，波比！"老乔克的语气里带着些许责备的意味说，"这下你可满意了吧？"

波比毛茸茸的尾巴垂了下来，不过依旧轻微地抖动着，此刻哪怕是最微弱的鼓励，都能让它的尾巴再次摇摆起来。老乔克用手托着眩晕的脑袋，愣愣地盯着波比。这只疲倦不堪的小狗卧在主人身边，气喘吁吁。波比虽然受了责备，但是它仍然很开心。从额头垂下的银色刘海遮住了它那对褐色的眼睛。那温柔的眼神里，饱含着款款深情。老乔克渐渐忘记了波比不该留下这件事情，只觉得有它陪伴很享受。

"哦，波比，"他又开口说话了，语气有点不确定。他虽然有着苏格兰农民那种沉默寡言的性格，但在忠贞不渝的波比面前，却经常会说一些绝不可能跟别人说的事情。他把自己感到特别虚弱、头特别晕的状况说给了波比听："帅小伙儿，老乔克今天晕得厉害啊。"

老乔克颤颤巍巍地伸出滚烫而苍老的手，力不从心地抚摸着波比。它那朝气蓬勃的尾巴摇得跟面大旗似的。在它看来，世界又平静了。然而，连它都能看出来，老乔克有点不对劲儿，脸色很不好。苏格兰的壮劳力是不肯轻易吐露自己"晕得厉害"这件事的，也不会在大白天该干活儿的时候睡大觉。今天这副模样，令这个老头儿既惶惑不安，又感觉羞耻。但凡有个人在，都会明白他这是生病了，得把他从这条又臭又冷的死胡同带出去，拖进暖床热被里，喂点热水，然后赶紧去请大夫看看。然而，波比却只能意识到，主人此刻需要无比的关爱。

　　在它很小很小的时候，它就明白了生活对于主人，不像生活对于它那样简单。有时候，它从主人的眼神和声音里能辨别出主人碰到了麻烦，可是却无法理解或是根本帮不了什么。每逢那样，它好像知道自己无法用语言去安慰主人，就只能深情地望着他，表表忠心。要是麻烦大到让主人忘记吃饭，也忘记了这位忠心的小伙伴儿的需求，波比也会义不容辞地接受那种忽视与饥饿，且毫无怨言。因此，当老乔克又躺下去，顷刻间便昏沉睡去的时候，波比便依偎在主人的臂弯里，还时不时用鼻子去蹭蹭主人的脖子。

第二章　暴风雨之夜

当钟铃奏响《菜园里那丛漂亮的石楠花》这首曲子时，老乔克和波比还在沉睡。酒馆里喧闹的客人都走光了；对着垃圾坑的那扇窗户里，在昏暗的煤油灯下，帮厨们正叮叮咣咣地洗餐盘，而他们依然在沉睡。夜幕降临，寒意更甚，薄雾酿成了冷雨，而他们依然在沉睡。虽然有倾斜的崖壁与房屋墙壁的阻挡，冷风依然会时不时地透过来。一阵雨浇下来，老乔克在睡梦中不安地动了动。而波比却欣然地嗅了嗅新鲜的空气，又蜷起身体睡了起来。

雨是打不湿波比的。它身上的被毛垂在身体两侧，整齐得犹如农舍顶上整饬的茅草。这身被毛浓密而绵软，就像一件暖融融的大衣裹在身上，再大的风雨也不怕。它不会知道，大自然并未同样慷慨地赋予主人抵御恶劣天气的本能。作为亚极地物种之一，它不怕风餐露宿，凭聪颖的天资吃饭，也完全具备膝上宠物的素质：漂亮，优雅，风采迷人。跟那些立耳的硬毛狗相比，波比称得上是讲义气的狗。

据说，西班牙无敌舰队的几艘船被风往西往北吹了很远，最后搁浅在苏格兰西部的赫布里底群岛那冰冷的海岸。那些船上携带了军官们所养的一些法国贵宾犬。经过这些祖先们的世代杂交，波比才拥有了更长、弧度更利落的被毛，被毛的颜色由瓦灰色变成了银灰色，耳朵也演变成了有饰毛的垂耳。作为更优越的物种，它勇敢、聪慧，有着与生俱来的忠诚，对从事体力活的主人忠诚不渝。因此，对农夫家小姑娘的倾心爱慕及农舍厨房里舒适的炉边小窝，它才会视而不见，却把自己的命运与这位孤苦伶仃的老苦力紧紧相连。

老乔克看上去两鬓斑白，面容苍老，身形矮小。他曾在米德洛锡安郡和法夫地区寒冷的山里牧羊五十载，也曾在爱丁堡风雨飘摇的阁楼上借宿、在低矮的马棚里打工十多载。原本结实的身体最终体力耗尽。他生在一户穷苦的牧羊人家里，自己一没头脑，二没技艺，只能被人当成一件普通工具。雇主们用得着的时候，派最苦最累的活儿给他，用不着时便撂在一边，不管不问，或是干脆打发走人。除了一点儿微薄的工钱外,他一无所有。没有妻子,没有儿女,居无定所。自孩童时期起,便在一个又一个的雇主家里,过着寄人篱下的生活。即使有真名,也没人记得。他小的时候人们叫他乔克,老了就叫他老乔克。

在他六十三岁那年夏天,他那凋敝已久的心灵迎来了一次绽放。在某种神奇的力量的作用下,他的内心深处激起了对波比的无限柔情。他早已被遗忘的从母亲那儿学来的一些话,又在潜意识里被调动起来。那些话是说给心上人、说给妻子与儿女们听的,而不是说给狗狗们听的。而且这类话题,对于爱说笑的农场人来说,是会被当成笑料的。因此老乔克对波比那样说话的时候,非常谨慎,唯恐被人听到。当波比跟在犁柄后跟着自己一起犁地时,他会跟它那样说话;当波比跟在羊群后面,跃过一丛丛石楠时,他会跟它那样说话;当赶集日他们一起进城时,他会跟它那样说话;夏天的夜晚,当惬意的海风从辽阔的海峡吹来,他们像流浪汉一样,躺在干草堆上,仰望星空时,他会跟它那样说话。他最高兴的事便是从口袋里掏出一枚亮闪闪的法寻,在特雷尔先生的餐馆里为波比买上一根美味的骨头。

那天早上,农夫跟他结清了工钱,这一季不再用他,让他在城里找找活儿干。因此,农夫说要带波比"回家"时,他并没有争辩什么。再说，波比调皮又捣蛋，带着它怎么能在爱丁堡租到住处？老乔克双腿打战，头晕目眩，不知所措。他感觉自己太老了，内心孤独无助。波比被带走了，同时，他内心的力量也被带走了。心力交瘁之时，他走到那个角落后跌倒了，晕了过去，昏睡不起。后来虽然波比把他叫醒，不过他很快又昏睡过去。

主人沉睡的时候，波比也一连睡了好几觉才恢复过来。它坐起来，打着哈欠，伸伸毛茸茸的小短腿，然后试探性地在主人身上嗅了嗅，又在车子周边走走看看，没发现什么感兴趣的东西，便回到主人身边卧下来，耐心地等待主人醒来。一阵猛雨浇醒了老人，他一下子站起来，踉踉跄跄地跑到了广场上。小波比警觉地紧跟上去，还一个劲儿地吠叫。老乔克烧退了，头脑也清醒了许多，但仍旧虚弱无力，四肢疼痛，胸口沉闷，全身哆嗦。

虽然圣吉尔斯大教堂才响过五点钟的铃声，但周围已经一片漆黑。一位点灯人正拿着火把，站在梯子上，给大桥护墙上的两排煤油灯点火。如果说格拉斯广场白天是废弃的采石场，那么在这暴风雨之夜则变成大水库的底儿了。城堡的顶部灯火通明。廉租楼的窗户里透出星星点点微弱的烛光。在这些光的映衬下，广场周围的墙壁若隐若现。大桥那巨大的桥体投下黑丝绒般的影子，覆盖了广场的东半面。

第二章　暴风雨之夜

要不是波比跑前跑后，不停地用叫声提示，有时甚至不得不跳到他腿上来阻止他，老乔克在这冰冷的暴雨中，可能永远都无法成功地走出这个被雨水淹没的黑漆漆的地方。他刚走上蜡烛制造商业街那段新月形的路，就被坎伊纽克大楼——原皇家铸币厂——那厚重的廊台泻下的雨水给浇了个正着。这条街上，有很多高大的老房子，绕着格雷弗莱尔教堂墓园的地势较低的那段，呈新月形往上排开。临街的马车运输营运处关门了，否则老乔克可以在那儿待着。他沿着泥泞的道路,挣扎着往上走。再往前,路就往南拐了,坡度平缓了许多。那边一些房子的围墙边倒有几处可以待的地方,但是他实在是没力气走到那边了。就在蜡烛制造商业街这段路的最高处,有另一个运输营运处及哈罗旅馆。从农村来的搬运工们常借宿在这家店,而老乔克却对这儿很陌生。他本想走进去,哪怕是睡在阴冷的院子里而不是楼上的房间里。可是波比却兴奋地叫个不停,咬住他做乞求状。

"主人,主人!"它好像清楚地说着,"别进去。再坚持两步,就能在舒适的火炉边吃饭取暖了。"

最终,老乔克选择了那段较为平缓的路。那边有大桥引桥的栏杆可以扶着走,教堂墓园大门上的竖条也可以扶一扶。在波比的催促下,老乔克就那样摸索着,又走过一小段陡峭的上坡路,终于走出集市区域,来到格雷弗莱尔教堂边上那排亮堂的店铺前。

风嗖嗖地刮着,特雷尔先生连帽子都没戴,就站在门廊下迎客。他那灰色的眼睛里透着精明，身后壁炉里炉火闪耀。要是老乔克无意进店，这格雷弗莱尔老餐厅的店主也会亲自拉他进去的。这暴风雨中，客人们都急着往家赶。都一个小时了，店里一个说话的人都没有，他急得差点要自言自语了。虽然老乔克并不是可以聊天的好人选，但有总比没有强，再说，还有波比呢，它可好玩呢！于是，店主特雷尔忙把客人热情地招呼进去，熟练地把炉火拨旺。等他转过身，却看到壁炉前的老乔克身上滴着水，哆嗦不停。

"天哪，你都湿透了！"他惊叫道，赶忙帮老乔克把滴着水的披风和外罩大衣取下来，摊在炉火边烤。老乔克从自己那件小包裹里找出一顶绒线软帽戴到头上。他的牙齿打战得厉害，好一会儿才说出话来。

"唉，今天下了点雨。"他小心翼翼地说道。

"下了点雨？！天哪，七个魔鬼全出洞，才能下成这样吧！"特雷尔先生激烈地反驳了一句，然后恢复了平时的哲人口吻继续说道，"苏格兰人就爱把一切都往小里说，俺可看不惯。诺亚要是苏格兰低地的人，提起那次大洪水时，恐怕也只是轻描淡写地把它说成是'发了点水'吧？"

说完这番高论，他自己都笑了。他那瘦削的脸上和炯炯有神的眼睛里所散发的善意，完全抵消了那些话里揶揄人的成分。他能说一口流利地道的英语，要是跟这位朴素的乡下人讲，他觉得太过卖弄，于是尽量都用老乔克式的说话方式去说。

老人听完了店主的那些话，盯着他想了一会儿，然后慢吞吞地问道："那次大洪水不就是发了点水吗？"

店主叹了口气，既然老乔克是那么想的，他也就没再否认。谈话告一段落。店主忙着加热一条熏鱼，又从壁炉旁边嵌进砖墙的小烤箱里取出了几块烤土豆。

波比自顾自地玩耍着。这熟悉的地方今晚看起来很不一样，它饶有兴趣地探索着。白天的时候，店里摆满了桌子和椅子，到处都是风格各异的鞋靴，又吵又挤，稍不留神就会被踩到。而在这暴风雨之夜，店里却是又宽敞又亮堂，还安静得很，静得能听到钟嘀嘀嗒嗒的声音、火苗蹿动的声音和木炭的爆裂声。餐桌都收起来了，靠着一面墙壁摆了两排，餐椅都撂在上面。从大门到壁炉，留出一条宽宽的走道，橡木地板打扫得焕然一新。炉火的光，在黑色的旧炉壁和高高的雕花饰架上摇曳，在餐台上的几排杯子上与盖住冷肉的金属盖子上闪动，甚至照到了柜台后面特雷尔先生的私人藏书架上，从满架书中照出了那些烫金的书名。

波比对着炉膛，把身上的雨水甩甩干净。店主看见后说道："俺这儿可不需要来一阵雨哟。波比，趴下。"它礼貌性地摇了摇尾巴，表示听见了。不过，看到主人没有重复这个指令，它便置若罔闻，大摇大摆地在房间里四处走了，身后留下一道道湿漉漉的痕迹。

特雷尔先生的餐厅，虽说是城里的餐厅，倒更像乡村旅馆或是农场上的厨房——要是嵌上一两张床的话。在这儿，所有的客人都可以看着店主为自己烤鲱鱼、煎薄饼，按照自己的口味烹茶。在这样的晚上，店主愿意为这位孤苦伶仃的客人把长椅搬到炉膛前，再摆上一张小餐桌，将茶壶连同炉盘一起放上去。

"展开身子，对着火好好烤烤，老伙计。俺想今晚不会再有客人来了。这大晚上的，在房间里不用一直戴帽子的。"

看老乔克没任何反应，这位谈话高手抛出了一个话题，再不愿说话的人都必会开口。

"这小狗可真聪明，老乔克。报时炮声响起后，它来这儿找过你，没找到你，哭叫得跟个孩子似的。"

老乔克缩在长椅一角，由于离火很近，上衣都开始冒水汽了。他过了半天也没回上一句话。特雷尔先生把木菜盘和锡制茶缸端上桌时，仔细地看了看他。

"天哪，你病得这么厉害！"店主惊叫道。他真的吃了一惊，而且自责没早点看出来这一点。

"俺没生病。"老乔克激动地反驳道,好像别人指责他做了什么不光彩的事。

"好吧。今晚不吃鲱鱼干了,吃些羊肉汤吧,里面还放了燕麦片。吃肉能帮你祛祛体内的寒气。"

他把桌上的盘子撤了,揭开一个热气腾腾的锅,然后又把茶壶放在炉盘上开始烹茶。在店主的命令下,老乔克脱下湿透的靴子和袜子,从包裹里找出了干袜子换上。他习惯于听从主人们的命令,因此,店主以同样命令的口吻让他穿暖吃好一些,他也没抵抗。再说,好心的店主主动纡尊降贵,跟一个身份卑微的牧羊人说那么多的体己话,他怎能拒绝呢?在如此暖心的氛围里,特雷尔先生不再像平日里那么谨小慎微,也忘记了乡下老家伙们的某些偏见。

"听着,"他把肉汤摆上桌时热情地说道,"你得找医生看看。"

没受过教育的穷人是绝不肯看医生的,去看病差不多就等于被判了死刑。老乔克脸上煞白,紧张得勺子都掉了。特雷尔先生赶紧打圆场:

"不看医生,不看医生。只不过要吃点小药,留在救济院里观察一两天而已。"

"俺不去救济院。穷人病重了或是将死了才会去那种地方。"恐惧与憎恶让这位默不作声的老人此刻变得惊人地健谈，"你自己也不会到那种地方去接受救济吧？"

"俺不会去？俺连切菜切到手指头都会去的，到那儿让学医的小伙子给包扎一下。"

"嗯，你真娇气。"老乔克回了一句。

"娇气"这个词可真伤人！约翰·特雷尔先生脸憋得通红，扫兴地沉默起来。他深深懂得，即使从城堡里拉来一个团的士兵，也不能把这位自由的病人活着拉到救济院。暴风雨之夜，要真心对这位无家可归、病得厉害的穷苦人好，除了编个瞎话，还有其他办法吗？他扯这个谎，不是为了自己，却落得个"娇气"的罪名，自尊心真是颇受打击。

听到勺和叉的声响，波比从柜台后面跑过来，挽救了尴尬的局面。晚饭！该吃晚饭了！波比收起后腿立起身，礼貌地问主人要吃的。看到它那极其优雅的姿态，店主都没法拒绝了。

"给它盛碗一便士的肉汤。"说着，老乔克从口袋里掏出来一枚铜钱。看着这饿极了的小东西吃，他自己都忘记吃了。特雷尔先生的热情好客及美味热乎的饭食，令他倍感温暖，也让他放松起来。他吐露了一件压在心底里让自己备受煎熬的事。

"波比不是俺的狗。"他痛苦地说道。

哦，这种痛比任何身体上的痛都更强烈！这冰冷的一便士属于他；然而热爱并追随着他——一位贫穷、年迈、病重、无家可归且无亲无故的老人——的一只小狗，却不属于他。特雷尔先生抑制住声音的哽咽，用苏格兰农民的方言说：

"别担心，伙计。这只小畜生可不是一般地喜欢你啊。狗这种动物，是会自己选主人的。"

老乔克摇摇头，简略地说了说波比倔强的个性。下个集市日，必须把这小狗送还给冷山农场的承租人。如果有必要，还得把它锁在马车上。它这么小，即使想回来，也不可能从彭特兰高地一直找到这儿来。用不了几天，它就会把老乔克忘了。

"不用说，分离时一定会难受……"老乔克看到了店主眼神里的同情，担心自己会忍不住哭泣，就戛然停止了说话。波比一直站在那儿听着两个人的谈话，现在主人突然不说了，它就用爪子挠挠主人的膝盖，热切地想对这件伤感的事知道得更多。过了一会儿，它默默地放下爪子，从主人的椅子下面走掉了。

"哦，它知道咱们在说它。"

"它是很聪明的狗。你教它做点正经事儿了吗，老伙计？"

"没有，它还小。"

"正应该趁它还小的时候，教它明白生活可不光是玩儿。教育小孩也一样。伙计,你真应该教教它抓害虫的本领。"

"它只要能好好陪喜欢它的那位小姐玩,就够了。"老乔克只这么回答了一句。从辛苦劳动了一辈子的老人口中说出这样的话,着实有点奇怪。他自己是把无所事事看成一种罪过的。他若有所思却沉默不语地吃完了晚饭。最后他突然有点生气地说了点事,善解人意的特雷尔先生就更加懂得他不舍得与波比分开。

"今儿晚上,俺得在爱丁堡租地方住。俺还不知道,该拿它怎么办。俺要租的那地儿,房东老太太忒不和气,容不下别人闹腾。俺要是带着它,肯定瞒不过那老太太。梗犬最爱在夜里乱叫了。"

特雷尔先生眼睛一亮,他想起了约翰·布朗博士讲过的一个典故,或许可以借鉴一下。跟爱丁堡很多其他开店的人一样,特雷尔先生是一位受过良好教育的博览群书之人。而且很多顾客是来自附近大学的人,跟他讲过不少苏格兰作家及名人们的故事。

"伙计,你有件双层的毛呢披风吧?"

"那是当然,每个牧羊人都有这么一件双层披风。"这个问题在老乔克看来很蠢,不过特雷尔先生愉快地接着说:

"披风上是不是有个口袋——侧边开了口,当作袋子来用的?你肯定也用它装过钱吧?"

"没有。没那么多钱。只用它来装过刚出生的羊羔。"

"对了,沃尔特爵士①曾有件这样的披风。他非常喜欢一位小姑娘。每当他写了一整天的东西、头脑发昏时,他就会穿过市区把小姑娘接过去给自己做伴。小姑娘出身高贵,有六七岁光景,比同龄人要矮一些,但俺想她绝不会比波比还小。"说到这儿,他故意停顿了一下,想让老乔克好好记住这个重要的比较,"小姑娘很讨厌爱丁堡那肆虐的风雪,因此沃尔特爵士把小姑娘放在自己披风的口袋里。小姑娘被倒出来的时候,舒服得跟个小羊羔似的,还一点儿不知道她已经到达爵士的大书房里了。"

"俺不认得沃尔特爵士,也没听过这么好听的故事。"老乔克虽礼貌性地表现出了兴趣,却丝毫没察觉故事的借鉴意义。特雷尔先生叹了口气,沉默地清空了餐桌,又去整了整炉火。没有别人,只能跟这位头脑简单、不知二加二等于四的老家伙聊天,感觉真差劲。

他若有所思地点上烟斗,又点着煤油灯看起书来。老乔克身上的衣服都干了,他感到很暖和,非常非常暖和,以至于他竟舒服地打起盹儿来。除了前面,餐厅由于邻近的房子、墓园的围墙和天花板的遮蔽,几乎是密不透风。此刻这里如此安静,连稍远的墙角里一点儿微小的动静都

---

① 沃尔特爵士:指沃尔特·司各特(1771—1832),英国著名的历史小说家、诗人。

听得十分清楚。如一道闪电,波比从眼前蹿了过去。只听见一声扭打、几声吱吱,它便回来了,往店主脚边丢下一只硕大的老鼠,摇着尾巴以示炫耀。

"干得漂亮,波比!以后不管哪天也不论时候,只要你来,我都会为你准备一口吃的、一根骨头。嘀,聪明的狗不用别人教,自己都能学本领。"

特雷尔先生顿时对波比心生怜爱,为它的聪慧和胆量而倾心。他想去拍拍那发型乱了的小脑袋,可是波比躲开了。除了主人,它不愿意别人去摸它。过了一会儿,店主从书架上取了本《盖伊·曼纳林》[1]。因为对"威弗利"的小说早已烂熟于心,他直接翻到讲丹蒂·帝恩蒙特与"芥末""辣椒"及其他一些泼辣的梗犬们的那部分。

"哦,梗犬是种极忠诚的狗。老乔克走的时候,不缺真心悼念他的主儿了。我倒是愿意,如果——"

他倏地站起来,往老乔克大衣口袋里放了几块苏格兰风味的圆面包,给波比留着吃——狗狗是很爱吃这种小点心的。明天上午,老人很有可能起不了床,得有人好好照顾他才行。他一边倒腾炉火,一边这么想着,结果钳子的

---

[1] 《盖伊·曼纳林》:沃尔特·司各特作品。1814 年他匿名发表长篇小说《威弗利》,受到热烈欢迎。以后,他便用"威弗利作者"的化名,连续发表了几十部小说,其中包括《盖伊·曼纳林》。下文中提到的丹蒂·帝恩蒙特是这部作品中的人物之一。

声响弄大了，老乔克从梦中叫了一声醒过来。

"老乔克，你打算住在哪儿？"店主大声地问道，因为看他晕乎乎的，怕他听不清楚。老乔克的回答听着好像是在牛门街边的一座老出租楼的阁楼上。

"年纪这么大了，还要爬那么高，"特雷尔先生同情地说道，转而换了乐观点的语气说，"住爱丁堡的贫民窟，不爬高楼，就得忍受恶臭。"

"哦，那里一点儿也不臭，"老乔克似乎想到了什么，脸上的皱纹好像烫平了似的，不过他没吐露出来，又接着睡了。店主想，让他在壁炉边一直睡到打烊吧，或是待到更晚，只要他愿意。到那时，雨或许会小一点儿了，他去借宿的路上就不会再被雨淋了。

在接下来的一小时里，店里十分安静，听得到炉膛里燃尽的炭灰掉落的声音，翻书的沙沙声，以及风转向时雨点噼里啪啦打在窗户上的声音。特雷尔先生沉浸在小说里，完全没注意时间的流逝及那位安静的客人，直到有什么轻轻地拽了拽他的裤腿。

"有事吗，小家伙？"他看到小狗以乞食时的姿态站在跟前，询问道。小狗尖厉地叫了一声，冲到主人面前。

确实出事了。老乔克瘫到了椅子上。他两只胳膊耷拉着，两腿软绵绵地摊开着；那顶他不论在室外或是室内都一直戴着的软帽也掉了下来,露出稀疏斑白的几绺头发,头垂到了胸口上;呼吸困难,还说着胡话。

特雷尔先生马上穿好大衣和雨靴,戴上帽子,走到门口又折回来。商店没人看。尽管这里地处山顶的格雷弗莱尔教堂地区,后面有神圣的墓园,前面不远就是大学,但是距牛门街上的贼窝也仅一步之遥。店主锁好放钱的抽屉,用安乐椅抵上,又叫醒了老乔克,把他从长椅上搬了过来。焦急的小狗关注着店主的一举一动。店主把最重要的任务分给了它。

"卧下,波比。看好老乔克。要是有任何不认识的人进来,你就大声地叫,不把墓园里的死人都吵醒,你就不是条好狗!"

"你去哪儿?"老乔克叫了一声,他已经完全醒了,炯炯的眼睛怀疑地盯着店主。

"伙计,坐下,背靠着俺放钱的抽屉。俺去叫医生。"他开了门,雨声太大,他没听见身后受惊的抗议声。

"不要去!"

外面下起了雨夹雪,特雷尔先生步履维艰。他先到隔壁著名的猎人书屋里,想看看有没有医学院的学生在那儿。书店开着门,可一个顾客也没有。他走上大桥,看了看治安所、殉教者教堂、几家社交中心及所有的时髦商店,借着忽明忽暗的路灯发现这些地方全都关门了。暴风雨之夜，所有爱丁堡人都躲着不出来了。

从后面传来一声口哨。是赫里奥特医院的一个小男孩，可能因为作业没做好或者捣乱了，被学校留到了现在。他不是失去双亲的孤儿，而是没有了父亲，因此是在校外跟他妈妈一起住的。特雷尔先生转身从自己门口经过，往南进入绕着教堂墓园较长那一端的森林大道。

从伯勒缪尔到格拉斯广场和牛门街，一路都是下坡。因此乔迪·罗斯张开双臂，分开壮实的双腿用力撑着地面，欢快地朝着家的方向徐徐而行，手工编织的披肩像一面小旗子似的飘扬在身后。这孩子来得真及时啊！

"小伙子，你知道哪里有医生吗，花一两个先令①能请到的？我店里有个贫穷的乡下老人生病了。"

"他病得很严重吗？"乔迪好奇地问道。

"是的，他晕倒了。小伙子，快去找，别站在这儿嚼舌头了。"

乔迪飞快地穿过大桥跑到了高街上。特雷尔先生冒着冷风，踩着薄冰，艰难地往自己的店走去，一路上想着今晚该怎么给老乔克整出一张床。第二天一早，不管他愿意

---

① 先令：英国的旧辅币单位，已于1971年取消。英镑、便士分别为英国货币单位和辅币单位。一英镑等于二十先令，一先令等于十二便士；自1971年起，一英镑等于一百新便士。

不愿意，马上把他送到救济院里。至于小波比，他应该不介意，如果——

他回到餐馆，发现店门大开着。风呼呼地吹进空无一人的店里，炉膛里的炭灰散落在炉膛周围，煤油灯的火苗随风飞舞。老乔克和波比已不见踪影。

第三章　魂断阁楼

　　格雷弗莱尔老餐厅的店主不小心说漏了嘴，把老乔克给吓跑了。他尽管为此感到不安且自责，但是也完全没想过去把他追回来。老人只要穿过门口这条路，顺着大桥引桥与圣玛格达伦教堂之间的斜坡走下去，马上就会消失在基督教区那人口最密集、最深最黑暗的"峡谷"之中。

　　老乔克下到最低的那层时暗自高兴，知道自己不会被追上了。高烧令他暂时性地亢奋，而冷雨正好可以给他那滚烫的皮肤降降温。牛门街上一个人都看不到，这可是件好事。因为在爱丁堡这条黑洞洞的街上，小偷们连如此贫穷且年迈的老人都不会放过。

　　在陡坡上或峡谷中牧羊，他习以为常，脚步稳健得跟柯利牧羊犬似的。但此时在牛门街上，石子路结了薄冰，一走一滑，他必须万分小心。眼前什么都看不清。路上分散的煤油灯光被湿气模糊，仅能大致照出这儿有个木制门廊，那儿有处石台阶，还把哥特式建筑上的怪兽滴水嘴照得十分狰狞。路又深又窄，寒风呼啸，雨雪扑面。上面的山墙上、老虎窗边及烟囱口处，只听得狂风骤雨呜咽盘旋。波比很高兴找到了主人，又闻到了冒险的气息，因此在老乔克身边一边跑一边聒噪个不停，直到听到呵斥。这里古怪得很，空气中弥漫着古老而敌对的味道。波比吠叫几声，以示询问与抗议，之后便老实多了，紧跟着老乔克的脚步一路小跑。

对这位流落街头的牧羊人来说，爱丁堡的过去如同一本尘封起来的书。的确，连最有想象力的人也无法相信，牛门街过去是一条林木茂盛的美丽山谷，山谷底部有一条淙淙流淌的小河，水底的鹅卵石清晰可见。小河旁边是一条弯弯曲曲的小路，被赶往格拉斯集市的牲畜踩得很平。当时高街自城堡到荷里路德宫这一英里的斜坡上，挤满了贵族们的豪宅，显贵们纷纷拥入牛门街，建造花园别墅，并以灌木篱笆相互隔开，篱笆上甚至会有小鸟去筑巢。

随着时间的推移，这条峡谷也变得拥挤不堪。小道两旁的山坡上堆满了房子，河上还搭了座拱桥连接两岸。再后来发展到房子挤着房子，高处的楼层靠搭建木架子往外扩张以获得光及空气，外墙上普遍增加了门廊、楼梯及凸出的窗户，大楼一层一层越建越高，直到牛门街变成了一条低凹的大峡谷，底部像被河流冲刷腐蚀而成似的。油头粉面、珠光宝气的达官贵人们，蹬着缎面鞋，坐着轿子，被抬下十多段的石阶，穿过火把照亮的院子及隧道一般的街道，去城堡或皇宫里参加宴会，或去格拉斯集市上看赛马。

牛门街地势低洼，日渐变得臭气熏天。达官贵人们突然间纷纷离去，往北面的山上转移。地势最低的地方，立刻移交到了穷人或是小生意人手中。而南坡上的胡同陋巷里主要住着些牧师、律师或文人，那里离爱丁堡大学较近，因而他们喜欢住在那里。早在波比生活的年代之前，富裕人家都从牛门街的狭巷中逃了出来，搬到大学附近的山顶大街上或开阔的广场去了。有一些体面的劳动者选择留在这日益没落的老房子里，其中一些房子至少有三百年的历史了。但是这里也拥入了成千上万的罪犯、乞丐及来自不同国家的穷困至极的流浪者。酒吧、当铺、二手衣服店或是廉价的食品店等，在肮脏的牛门街两边比比皆是。曾经的宫殿变成了高大的出租楼，里面被分割得跟马蜂窝似的。每一处楼梯都繁忙得跟大路似的，每一条过道都如同垃圾场，每一间堆满尘垢的昏暗的格子间里都住着食不果腹的家庭。穿过一条陡峭而狭窄的巷子，爬上九段透风的楼梯，就在那美丽而古老的哥特式山墙下，便是老乔克要租住的地方。多少大富大贵、虔诚、睿智、体面之人，多少三六九等的可怜、可憎之人，都曾先于老乔克在那里出入过。

拱形入门处，一盏铁质灯笼照亮了窄巷入口。老乔克扶着两边的墙壁摸索着往前走。又一盏灯照着一个有雕饰的门廊，从门廊进去，便进入了出租楼那臭烘烘的小院。从天井往上看，完全看不到天空。呼吸困难的老人，一定得摸到并扶着那雕花的橡木栏杆才能往上爬。爬到七楼楼梯口处，老乔克已累得喘不过气，一阵剧烈的咳嗽让他的心脏突突地跳个不停。随着楼上一声重重的关门声，传来了一句生气的"吵死人了"的斥责。

最后两层楼梯是在室内。老人跟跟跄跄地走进漆黑而令人窒息的楼道，坐在最下面的一级台阶上休息。下个楼梯口，就要经过房东老太太的门口，要是把她从睡梦中吵醒，是不会有好果子吃的。波比跳到主人身上，不知道那会加重主人的负担，在黑暗中舔了舔它深爱的主人的脸。

"唉，小家伙，俺不知道该拿你怎么办。咱们怕是要睡到大街上去了。"老乔克从没想过把这只小狗抛弃。他猛然间回想起特雷尔先生讲的那个故事："沃尔特爵士把小姑娘放在自己披风的口袋里……"当时他听不出故事的意义，此刻他终于会意，高兴地拍了下膝盖。黑暗中，他摸出披风一端的那个大开口，又摸到小狗那兴奋而毛糙的小脑袋。

"小家伙，过来。跳上来，跳进口袋里，小家伙！"

波比跳进了口袋，在里面转啊转的，这个新把戏令它高兴地叫起来，老乔克赶紧制止了它。

"快卧着，机灵点，像猫咪那样。"说着，他把披风较重的那头儿巧妙地掖在胳膊下面，不露出任何马脚。"咱们今天蒙一蒙那个老婆子。"他暗自笑道。

他几乎是愉快地爬上了楼梯，走到逼仄的楼梯口，敲了敲那里的三扇窄门中的一扇。门开了个缝儿，搭链还搭着，弯曲的灰色门闩与一顶帽子之间框出一张苍老而晦暗的脸，用怀疑的眼光盯着他。

老乔克拿出一周的房费。他以前在这儿住过几个冬天，这位老妇对他很熟悉了，但她还是把硬币拿到蜡烛底下，用牙咬了咬看看真伪。然后连一句寒暄都没有，她就把那间老乔克一向爱住的格子间的钥匙从门上的一条裂缝中塞了出来，指了指通往阁楼的那段楼梯下面的一壶水。老乔克多付了半个便士，她拿出一支蜡烛，点上火，塞进一个瓶口里，递给了老乔克。

"你感冒了，"她终于开口说，表情很不友好，"要是你把邻居们吵醒的话，你自己去摆平。"

"嗯，俺明白，"老乔克答道。他拼命忍住不咳嗽出来，都憋出汗来了。通往阁楼的那段楼梯只有十八英寸宽，极其逼仄。要拿一壶水和一支燃着的蜡烛，胳肢窝下还夹着一只小狗，老人不知是怎么爬上去的。阁楼的通道上有几扇窄门，他打开了其中第一间的门。

"没有一点儿臭味，"的确，"爬了这么高真是值得！"从南向的两个破老虎窗吹进了一阵雨洗过的冷风。那两个老虎窗，正好处于山墙下。老乔克放出波比，它的确是"暖乎乎的且开心无比"，而且一点儿也不知道，已经来到了一间冰冷的小格子间里，只是这里与沃尔特爵士那高大、温暖、五颜六色的大书房真是天差地别啊！

爱丁堡贫民窟的这间阁楼，几乎完全是由石头砌成的，除了磨破了的橡木地板、劣质的现代房门及一边那极薄的挡板——挡板外，"隔壁邻居"正打着呼噜。一个巨大的壁炉占据了整个外墙，填充了从窥视孔到窗户直至倾斜的天花板之间的空间。壁炉由本地白砂岩砌成，雕刻成多根柱子，叶形柱顶，壁炉顶上有纯古典主义的山形装饰图案。玛丽女王时代，这里是贵族的舞厅，而今被分隔成不计其数的小格子间——其中许多都没有窗户，按每晚三便士租给随便什么房客。在这曾经为一代又一代跳舞的贵族们供暖的地方，烟囱口已用砖砌上，炉膛里固定了一块板子，给这类既没时间又没心情跳舞的人既当床又当桌椅。对于这里曾经的浪漫与美丽，老乔克一无所知。但是啊，他也有富贵之人不会注意到的一些开心事。

"波比，小心点！"他又一次警告道。

聪明的小狗听得懂，它开始轻轻地在房间里走动起来，一会儿工夫便把这里"研究"透彻了，然后坐下去，打着大大的哈欠，一脸的无聊与迷惑，询问似的望着主人。老乔克把水壶和蜡烛放到地板上，脱去靴子，他可不愿意把邻居吵醒。然后紧张兮兮地把一扇窗户打开，伸手从外面宽宽的石窗台上拿进来一小盆石楠花——在这种地方，真是稀奇啊！

"漂亮吧？"他小声地跟波比夸耀道。捧着去年四月份留在这儿的这点对农村的念想，他坐到壁炉床上，把波比抱到身旁。他深情地闻着那已经凋谢的紫色花朵，微笑浮现在那苍老的面孔上。在特雷尔先生的店里时，他就是暗暗地想到，在这里从两扇小窗户可以望向远处的高地，脸上的皱纹才展开的。波比也闻了闻这株枯萎的石楠，开心地摇摇尾巴，好像记起了那些最美好的回忆。

外面的风渐渐小了，屋顶上的瓦片随阵风丁零当啷响。不过老乔克完全没听见，他的思绪正漫游在远方的山坡上：四月的石楠丛在红日的照耀下，露珠闪闪；牧羊人在呐喊，牧羊犬汪汪叫，母羊咩咩叫，一只还没起名的小狗跟在自己脚边蹦蹦跳跳。产羊羔的季节，多么美妙而易逝！此刻，当那盆曾承载过希望的石楠被重新放回到窗台时，主人与小狗如同回到了广阔的乡村里，开始玩起以前安息日下午在牛栏边常玩的游戏。

以前玩这个游戏的时候，为了不惊扰到爱说闲话的村里人，他们像两个很有教养的大孩子似的，完全是不出声地在玩，跟演哑剧一样。此刻，老乔克只需一个手势、点点头或抬下眉毛，波比便会表演出全套绝活儿，展示它所受"正规教育"的进展。它打滚，乞食，在主人手臂上玩跳栏，装死；在假想的牧场上疯狂地奔跑，在石头墙上直线跑，在带刺的树篱笆下胡搅蛮缠，在小溪里游泳；追野兔，引狐狸出洞，惊飞觅食的麻鹬，在老鼠洞前蹲守。当剧情白热化、小狗慷慨激昂之时，老乔克也忘记了谨慎，把帽子举到波比刚好够不到的高度，大声说道：

"波比，跳！"

波比跳起来去够帽子，没够到，再跳，竟叫起来——梗犬那种尖厉的叫。

格子间里充满了短暂的欢乐。挡板被人重重一击，随之传来一声大骂："要死，哪儿来的狗！"听到这骂声，波比马上要冲过去，被老乔克一把拦下了。出于对它的担心，

他严厉地喝道:

"闭上嘴巴,小心他们把你扔出去。"

波比立刻住嘴,蹲在老乔克脚下呜咽起来。作为最敏感的四脚动物之一,这只小梗犬因为主人的一句呵斥便低下了头。阁楼上的格子间一个个迅速地卷入厉声谴责与恶毒排斥的旋涡。老乔克凝视着波比,眼神里充满了恐惧。以前住在这儿的那些冬天,能免于事端,主要是因为他尽力不引起别人的注意。他是个胆小的乡下老人,不愿意跟那些小偷、乞丐和醉汉们一样睡到牛门街上。吵吵嚷嚷逐渐平息下来。阁楼的双排格子间里,唯有这一间始终未发一声,"犯事"的小狗没被找出来。

虽然危险过去了,但是老乔克的胸口却在突突地跳。他站起来去门口处拿蜡烛时,腿都不听使唤了。他把蜡烛放在炉膛里一块凸出的砖头上,借着烛光打开一本袖珍《圣经》,找到他最喜欢的却从未曾理解的那首赞美诗读起来。

"耶和华是我的牧者。我必不至缺乏。"直到这里,都好理解,令人宽慰。"他使我躺卧在青草地上,领我在寂静的河边。"

不,草地是棕色的,当石楠和金雀花开花时是紫色的或是黄色的。草地上到处是凸出的岩石,泥淖的湖大部分时候是冻住的。开阔的福斯海峡潮涨潮落,溪流在峡谷中潺潺流淌。山里小教堂的牧师曾解释说，在英格兰，草场是青色的，湖泊是寂静而澄澈的。但那属于神秘的异国国度，老乔克并不向往。他很想知道，自己在天堂是否会感觉自在；也很想知道，那么静谧之地是否容许一只闹腾的小狗存在，就像条件恶劣的彭特兰山地能容得下它那样。想到这儿，他的思绪又回到了这囚牢似的冰冷阁楼。在这里，他连自己这位忠诚的小朋友的居住权都捍卫不了。他蹲下身子，把波比拎到了床上。这只忠心耿耿的渴望得到原谅的小动物——虽然它并不理解自己所犯的错误——恭顺地跳进老乔克的臂弯里，以自己的方式宣泄着对主人近乎痴狂的爱意。

老人和狗，就那么在黑暗中躺在一起睡着了。夜里，老人会被他那一阵阵的咳嗽声与邻居们的咒骂声吵醒，不过他一直睡到别的租客都离开了才醒来。大风早已歇了，只在窗口处稍有点微弱的风。老乔克发现地板上波比正在耐心地等着他，还看见白花花的光晕充满了空荡荡的格子间。这只意味着一件事！他晕乎乎地起身，打开了一扇窗。他的视线穿过云集而高耸的屋顶，绕过大学里的尖顶，掠过市郊，直达远方的彭特兰山地。大雪覆盖下，那些山岭一直绵延到天际，在惨白的日光下银光闪闪。

"下雪了！哎，波比，俺这老骨头还能看到这么美的景象！"他像个孩子似的那么兴奋。他把波比举起来，想让它看看外面的景致，可突然眼前一黑，脑子嗡的一下，他往后趔趄几步，一下子被地板上的凸起给绊倒了。

波比舔舔主人的脸和手，然后安静地坐在他旁边。在过去二十四小时里发生了这么多令它不解的怪事，这只小狗转瞬长大，不再是那个凡事都不挂心上的幼崽了。过了很长时间，老乔克才睁开眼睛坐起来。波比把爪子放到他的膝上，很是心疼。老人还没回过神来，城堡上的报时炮声就传过来了。他心里慌乱得很，竟那么晚才起床，也不知道在地板上昏过去了多久。他站起身，费力地穿好大衣，戴上帽子，披上披风。他往衣服里摸手套时，发现了特雷尔先生给波比吃的小圆面包。

老人伤心地盯着那些点心看了好一会儿。特雷尔先生觉得他病得很严重，担心他第二天早上起不来床呢。这想法太可怕了。

圣吉尔斯大教堂的乐钟突然奏起了《越过群山，去往远方》这首歌。老乔克听得很清楚，完全不受回音的干扰，因为阁楼与教堂的王冠尖顶处在同一水平线上。旋律又让老乔克想起了中洛锡安郡的那些山坡，而波比却想起吃饭的时间到了。它跑到门口又跑回来，借以提醒老乔克这一点，又使出各种伎俩求他去吃饭。老人勉强起身，却又倒了下去,脸色苍白,浑身发抖,心脏跳得更剧烈了。波比不紧不慢地吃完小面包,挨着老乔克从床边无力地耷拉下来的双脚,坐了下来。钟铃声渐渐停息,不过老乔克早在别人停止敲钟之前就已听不到了。教堂与大学都敲响了两点钟的钟声——后来三点钟——再后来四点钟。天将黑时,老乔克才有了动静。他坐起来,做了一件奇怪的事:从口袋里取出一个带细拉绳的皮革材质的钱袋,数了数里面不多的几个克朗[①]及先令,还有一些较小的银币和铜币。

"够了。"他说道。仔细点花,这些钱够几个星期的饭钱和住宿费了,这样就能避免去救济院了。他这样做,就是承认了一个耻辱而恐怖的事实:自己病得很厉害。必须得把这宝贵的一点钱藏好,不能被小偷偷去了。他想从壁炉里找块松动的砖头,但是还没找到就忘记这事了,糊涂地把这些硬币堆在了床尾那本打开的《圣经》上。

老乔克捧着脸坐了很久,又躺回去了。黑暗悄悄地来到这间寂静的屋子。楼梯上、楼道里传来或沉重,或轻盈,或蹒跚的脚步声,房客们一个一个都回来了。站岗的波比,看见一只手偷偷摸摸地动门闩,立马准备格斗。紧接着门外传来了打斗声、妇女们的叫喊声和小孩儿可怜的号啕大

[①] 克朗:瑞典、挪威、冰岛、丹麦等国家的货币单位。旧时英国及其多数殖民地也用此货币单位。一克朗等于五先令,一英镑等于四克朗。

哭声。城堡上响起了暮鼓和军号声，圣吉尔斯大教堂的钟每隔一小时就报时一次，波比一直守在主人身边。

老乔克整夜都睡不安稳。每当他在睡梦中嘀咕或是由于高烧而惊叫时，这只小狗就把爪子伸到床栏杆上蹭蹭，乞求主人把自己拎上去，好安慰安慰他。床板对它来说太高了，爬不上去。看到主人没动静，它就舔舔主人耷拉下来的滚烫的手。后来老乔克一动不动地躺着，也不再咳嗽了，但是呼吸很浅，很急促。黎明时，他转过头，神志不清地盯着扒在床栏杆上的小狗，它是那么机敏却又那么忧虑。过了好一会儿，他才认出来波比，拍了拍它那毛茸茸的小脑袋。他在床上摸了一阵，又找出一块小面包，丢到了地板上，气息微弱地说道：

"可怜的——波比！回——家——去——孩子！"

那之后，这渐渐亮起来的屋子突然间变得异常安静。波比的视线一直盯着主人——它久久地盯着，心碎不已，然后放下爪子，站在那里不住地颤抖。没再看一眼主人，它就展开身子，扑倒在床板下面的炉底石头上。

从早上到晚上，杂乱的脚步下楼又上楼。整整一天，廉租楼里吵吵闹闹，天井里卖鱼的妇人、卖柴火的小贩来了又去，钟敲了一次又一次，报时的炮声响过，钟铃甜美地歌唱过，日暮时嘹亮的军号又吹起来。波比都一动不动地守着主人。

深夜，楼梯上传来一阵笨拙的脚步声。房东老太对房客的进进出出都留着心眼儿。奇怪，这个生病的老头儿上楼都整整两天了，一次也没下楼。有人抱怨他咳个不停，老是怪怪地自言自语，她才懒得理。让她不安的是，这儿经常会有人干些犯法的勾当。她可不想招来警察，影响自家生意。她哐哐哐敲着门叫道：

"老乔克！"

波比跑到门口，站在那里看着门。在这种困境里，它自然是想挠挠门板，让人进来，不管是谁，都请他看看自己主人是怎么了。但是之前老乔克不让它弄出动静，因此不管门怎么响，门闩被摇成啥样，也不管惊醒了多少租客，它都忠诚地忍住，一声不吭。老太婆厉声尖叫道：

"老乔克，你还没醒吗？"屋子里窗户没闩上，在冷风中嘎吱嘎吱响。过了一会儿，门外房东老太害怕地低声问道：

"你死了吗？"

接着是一阵惊慌而逃的脚步声。只剩下波比，守着漫长而漆黑的夜。

一大早，单薄的门就被强行推开了。第一个进来的是大桥治安所派来的皇家警官。面对着眼前格子间里这肃穆的情景，他不禁摘下帽子。牛门街一带充满了多种多样惊人的对比，但是眼前这种反差恐怕少见。古典的壁炉、僵硬的尸体、虔诚的牧羊老人那平静安详的面容，这一切有着格雷弗莱尔墓园的纪念墓和肖像石雕那样的尊严与美感。令人颇为吃惊的就是，在这样一位贫困劳苦的死者身边，竟然守着一只极其优雅的毛茸茸的小狗，在为他哀伤。

这些人——玛丽女王陛下的官员们、警察们及皇家救济院博学的医生们，在老乔克活着的时候，不知道他的存在；在他死了、不再需要他们的时候，却都围着他，认真地探究他是怎么死的。当《圣经》上放的那一小堆钱被发现后，房客们深深地松了口气。不是犯罪案件。老乔克死于心脏衰竭，是由肺炎和积劳成疾引发的。

"够了。"点钱的时候一位警察说道。他话里的意思跟老乔克说的一样。这些钱够一个穷人的殡葬所需——一生的辛勤劳动使这位实诚的穷人享有这最后的尊严。当问及这位老人的名字及朋友时，能记录在案的也就只有"老乔克"这个名字，以及会跟去为他送殡的一只小狗。偶然跟随牛门街医疗救助队来的一位诵经者想起来翻看了老乔克那本《圣经》的扉页。

"他的名字叫约翰·格雷。"

他把那本翻旧了的袖珍《圣经》放到老乔克胸前，又把老乔克那双饱经风霜的手交叉着放在《圣经》上面。"一位淳朴的乡下老人死在这个破败的地方,真是少见。"他蹲下来,拍了拍波比,发现了地板上那块圆面包,一口未动。他转向人群中一个赤着脚、衣着破烂不堪的小孩子,问道:

"小姑娘,你愿意把自己的燕麦粥分一点儿给这只小狗吗?"

她跑到楼下,很快就端上来一碗所剩无几的早餐稀饭。波比拒绝吃,但是看了看小姑娘,眼睛里是无尽的悲伤。小姑娘第一次流下了同情的眼泪。她怯生生地伸出手,拍了一下波比。

报时大炮即将响起时,两个警察清理好了楼道,把裹着大衣和披风的老乔克抬到了下面的院子里。在那儿,他们把他放进了停在走道上的一口普通的松木棺材里,捆好以后,走出巷子去办点必要的差事。那个诵经者坐在一个空的啤酒桶上守着棺材,而波比爬到棺材顶上,趴在上面。院子是个天井,有一百多英尺深。可是一层一层乱七八糟的破衣烂衫挂在那里,根本看不到天空。楼道上又堆满了东西,人们吵吵嚷嚷地各忙各事,对院子里那可怜的情景,只是好奇地瞥上一两眼。

两个警察很快就从牛门街回来了,带回来几个各色各样的抬棺人:一个从附近啤酒厂叫过来的工人,爱尔兰人,脾气很好；一个没落的绅士，不但走路不稳而且近视；一个衣着怪异的酒保，他觉得这个差事很讨人厌；一个搬运柴火的驼背壮汉；一个喝醉的渔夫，来自纽黑文，因为这件可怕的差事而瞬间清醒；还有一个鬼鬼祟祟的小偷，因长时间蹲监狱而皮肤惨白，担心这是一个圈套，分分钟想逃跑。

这支怪怪的队伍，很快走过了窄巷，转向人潮涌动的牛门街。队伍后面跟着一群流浪儿，前面有警察推开人群开道。诵经者跟在后面，而波比低头，夹着尾巴，在棺材下面一路小跑，并未引人注目。这支小小的送殡队伍从一个大桥桥拱中穿过，进入空旷的格拉斯广场，又走上蜡烛制造商业街，来到了教堂墓园大门口。老乔克将与那些不计其数的高官伟人、王公贵人、诗人、先知、刽子手与殉道士们一起葬于这拥挤的、有历史意义的墓葬地——格雷弗莱尔教堂墓园。

在墓园看守人的手势示意下，抬棺的队伍向右走，经过教堂，沿着挤满了坟墓的山坡一直走到北面，那里的外围便是格拉斯集市边上的出租楼与蜡烛制造商业街。棺材即刻落下，抬棺的那些人急匆匆地赶去吃耽搁已久的午饭。警察们也离开去忙别的地方的事儿了。只有诵经者留在那里，一边看着掘墓人填坟，一边劝波比跟自己回家。但是小狗不肯，拼命地挣扎，他不得不又把小狗放下来。那个掘墓人停手靠着铁锹，煞有介事地说道：

"很多狗在主人死后，都会跟人似的难过得要死。赶出去一两次，它们就会找新的主人了。犯不着为了它烦恼，它不会难过多长时间的。"

既然波比不愿意离开，只好把它留在那里了。这个好人离开时，几步一回头，心里很是忧虑。掘墓人兴高采烈地完成了工作，扛起工具，离开了墓园。天色渐晚，看守人最后一轮巡视时，发现这只小梗犬趴在新建的坟头上。

"出去！"他喝道。波比颤抖着，用乞求的眼神看着他，却没有要走的意思。詹姆斯·布朗不是冷血之人，但是他必须得履行自己的职责。这只漂亮小狗的忠诚与悲伤，让他心生同情。他把它抱起来，一直抱到大门口，然后从人行道旁的边门把它放了出去。

"回家去吧，"他和善地说，"教堂墓园不是小狗可以待的地方。"

波比趴在看守人把它放下的地方一动不动，直到看不见他。之后，它试着从门缝往里钻，却发现门缝太小了。于是，它开始采用祖上就会的方法——刨——使门缝变大。它用力地在坚硬的石头地上刨啊刨啊，可是真的很难刨动，直到爪子抓破流出血，它才停下来，趴在那里，仅鼻头伸

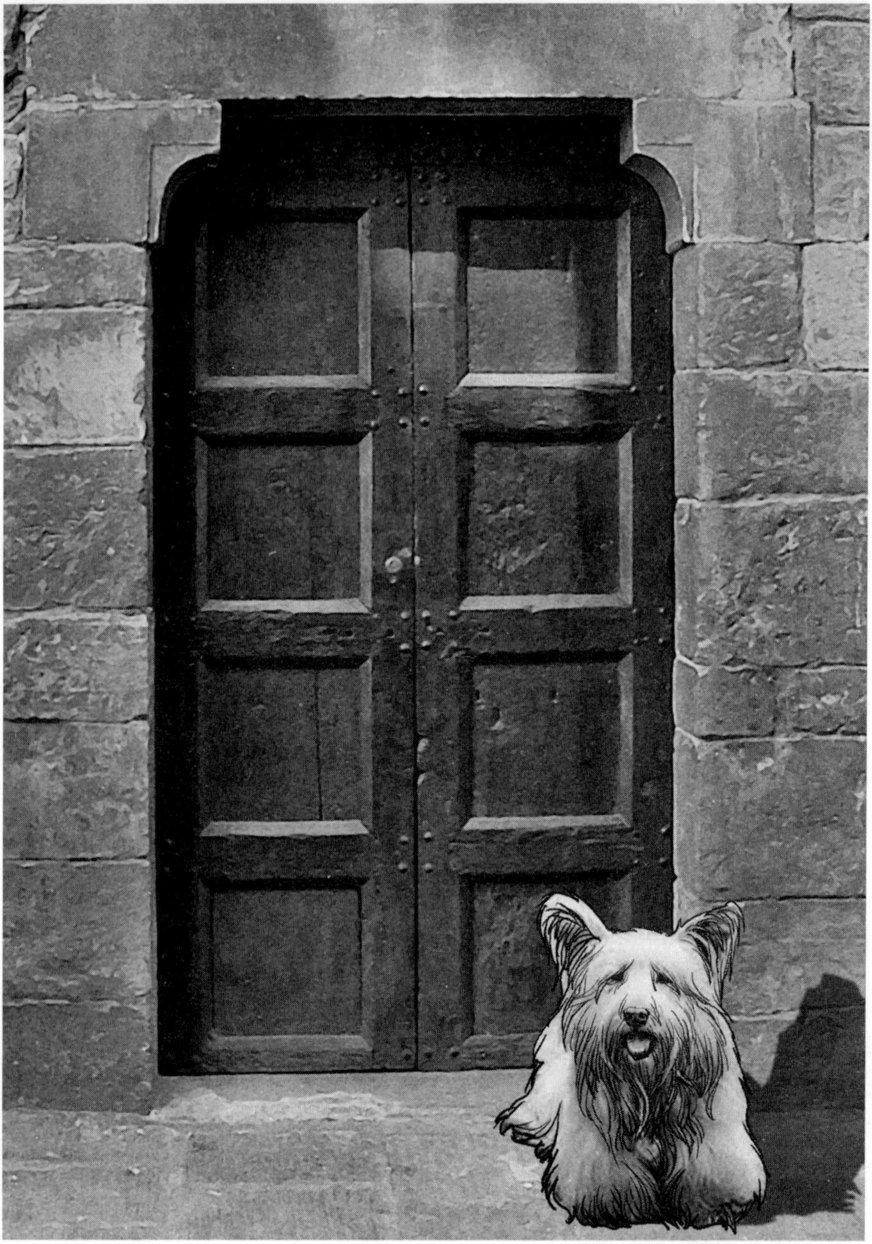

进了门缝里。

就在闭园前,一辆马车停在了墓园大门口。从车上下来一位穿着黑色长袍的女士,手里拿着一束花,匆匆地从边门进去了。波比跟在她后面溜了进去,立马消失不见。

夜幕降临,当大桥上煤油灯点燃了;当特雷尔先生走出来站在店门口闲等,想找人说说话;当詹姆斯·布朗关好墓园的大门并上了锁,回到自己的小石屋里去吃晚饭时;波比不再躲藏,跑了出来,俯身趴到了老乔克的坟墓上。

第四章　墓园拉锯战

星期一，报时大炮响过十五分钟后，当乐钟奏响最欢快的旋律时，正是餐厅最忙的时候，特雷尔先生好几次感觉到有东西在抓自己的裤腿，这才注意到是波比。餐厅里挤满了饥肠辘辘的客人，波比没有一点儿地方可以站起来摆出那种乞食时的优美身姿。惴惴不安的五个日夜后又见到它，店主有如释重负的感觉。他蹲下去拍拍小狗的前臂，开玩笑地问候道：

"好样的，把老乔克叫回来喽——"

随着一声极微弱的哭泣——没有人听到，除了特雷尔先生——波比倒在了地板上。店主从脚下拾起这软软的一团，放在胳膊上，往四周看了看。没找见老乔克，他心里一惊，突然想起把小狗抱到壁炉边那张熟悉的长椅上放下。

波比气息很微弱，却努力睁开被丝一般的饰毛所覆盖的褐色眼睛，舔了舔那只如此温暖的手。特雷尔先生好一会儿才意识到问题的严重性。像波比这样有着那么浓密被毛的狗，即使要饿死了，外表也是看不出有多憔悴的。

"这漂亮的小不点儿——哎呀，它快要饿死了！"

特雷尔先生内心无限怜悯，情急之下他从一个服务生手中抢过一碗肉汤——惊得小伙子目瞪口呆——放到波比的鼻口下面，看它急切地大口吞食起那暖暖的汤。这么喧闹的地方，没人注意到这件事。特雷尔先生素来果断，他用几把椅子背抵住最近的一张餐桌，表明这个角落被预订了，然后沉默不语地忙活去了——他极少这样不说话。客人渐渐少了，他来到炉边，看到波比睡着了。小狗睡觉一般都是蜷成毛球状，它却侧着身子睡，没规律地呼吸着。

波比的情形如此可怜，那么老乔克该是怎样啊？自他生着病冒雨逃离那天开始，这都第五天了。特雷尔先生又想起了一件令他不安的事情。早上的时候，他看到自己新漆的大门的最下面有许多抓痕。他当时还以为是赫里奥特那些淘气的男孩子们所为，现在才想到可能是波比抓的。它可能在安息日那天来讨吃的，结果那天没营业。

一小时后波比醒了一下，吃了一大盘高营养、极美味的苏格兰美食——哈吉斯①，之后便又睡着了。它看起来情况好多了，店主内心也宽慰了不少。他相信这只忠心耿耿的小狗会带他找到它的主人，不过他还是把门锁好了，以防它悄无声息地走掉；又把店里的事情跟雇员交代好，方便随时走开。在午餐与晚餐之间这段空闲的时间里，他坐到壁炉边，点上烟袋，反思着自己说过的不该说的话，等波比醒来。短短的一天很快就要结束了，日暮时分的军号声又从城堡传过来。号声刚起，波比就从长椅下慢慢地走出来，腿还有点不稳。它冲店主摇摇尾巴以示感谢，然后往门口跑去。

特雷尔先生一路跟着小狗朝墓园走去。小狗的被毛在暮色中散发着银白色的光芒，所以他跟起来毫不费力。再有，波比时不时地回头看看他，好像是有意让他跟过去。走到大门口时，它更是耐心地等着他跟上去。在那儿，它需要帮助。它立起来，拉拉特雷尔先生的衣服，然后跳到边门的门柱上，很明显，是想请他开门。它不发出一点声音，既没叫也没呜咽，这对梗犬类来说极不寻常。每耽搁一秒，它就更坚持，甚至有点急不可耐地想把门闩移开。特雷尔先生不肯相信波比的这种表现背后的含义，用波比习惯了的苏格兰方言对它喝道：

①哈吉斯：苏格兰享有盛名的传统美食，由羊的内脏碾碎之后配上洋葱等材料制成。

"不，波比，乖乖的。跑去牛门街找老乔克吧。"

波比还是连呜呜声都没有，只是哭丧着脸看了看他，从门柱上下来，把鼻头尽量远地塞进边门的门缝里。这一刻，特雷尔先生彻底信了。他打开了门。波比溜进去，停下来往后看，好像很期待这位人类朋友能跟来。门房的门突然开了，看到看守人走出来，波比立刻消失在教堂那边的阴影里。

这位看守人身材魁梧，动作迟缓，属于最好的那类农家园丁；身上穿着耐穿的灯芯绒衣服，戴着羊绒软帽，脚套菱纹长袜，这人正是詹姆斯·布朗。他没留神竟撞到了瘦小却硬朗的店主身上，尴尬无比。

"哎哟，特雷尔先生，这太意外了。大晚上的，到墓园来可不大好啊。"

"那只小狗去哪儿了，伙计？"店主开口便问。

"狗？墓园里可没有狗，那不允许。你要是找只野猫的话——"

特雷尔先生没接这句玩笑。

"嗯，进来了一只，俺亲自放进来的。"

看守人生气地说："那可要罚你了。你不认得字吗，伙计？"

"詹姆斯·布朗，别在这儿争了。这规定很好很必要，但并不是国家的法律。俺把狗放进来，是为了解决一件令俺良心不安的事。究竟是什么事，你就别问了。那是一只很小的高地梗犬，耷着耳朵，毛色银灰，可不是普普通通的狗。俺跟它很熟，它都快饿死了，去俺那里找吃的，然后把俺带到了这儿。要是它的主人就躺在这墓园，俺会把它带走的。"

特雷尔先生口若悬河，总能说得动那些反应慢半拍、口舌不灵便之人，也只有卓越之人才能以只言片语扫除那些陈规，有力地捍卫人的正当权益。詹姆斯·布朗恭敬地取下帽子，挠了挠受惊的脑袋，动一动烟袋，最后终于承认：

"嗯，的确有只顽劣的小狗，俺两天前在墓园里看到的。俺把它赶出去后，就再也没看见过。"他说是在新添的那个坟头看到它的，并主动提出带店主去那儿看看。他领着路，经过教堂，然后沿着阶梯式的山坡往前走。他边走边找话说，因为守在这样一座古老的墓园里，很少有机会能碰到像特雷尔先生那样带劲儿的说话者。

"俺听说，那是从牛门街抬来的一位穷苦人，没人送殡，只有一只小狗跟在棺材下面。俺便放它进去了，为的是不妨碍人家入殡。棺材是警察带着进来的，抬棺的都是些鸡鸣狗盗的人，没一个好的。丧葬花的都是那个人自己的钱，现在跟那些贵人们埋在一起，也算是死得安心啦。就在这儿，特雷尔先生,你自己看看,哪里有狗?"

"唉,是老乔克,波比不会离开他的。"店主肯定地说道。他站在那里,低头看着被人踩过的一小片残雪之上新堆的那一抔冻土。

"詹姆斯·布朗,"特雷尔先生终于开口,"这躺着的人,是个虔诚的乡下老人,人很体面。是俺把他赶到牛门街,他才那么可怜地死去的。"

"天哪,你知道你在说什么吗?!"看守人吓了一跳。

"知道。俺这人总体说来还算谨慎,但是俺这愚蠢的舌头早晚会给俺惹上官司的,它太随便了。"

特雷尔先生虽然是坚定的加尔文教徒,从未想过靠忏悔来赎罪,但他还是把老乔克的困境与自己的疏忽全盘讲了一遍。他这个能力不凡的人,本意是想要帮助那位可怜的老人,结果却适得其反,他为此深深自责。他当时就想补救,可没奏效。第二天上午,他便去了牛门街,在那位胆小的老牧羊人可能出现过的每一个地方都问了个遍。但是那个地方!"你想在牛门街及附近狭巷内找个人,跟大海捞针没什么两样。"

"就是啊。你看,他不愿意去救济院,你能有什么办法!"看守人尽力安慰着眼前这个自责的人。

"俺没办法吗?你不了解,"店主对自己很生气,连连用方言说道，"要是再重来一次，俺会报警说老乔克偷了俺的钱，然后跟警察使使眼色，让他们明白俺是有意在撒谎，然后不管三七二十一就把他捆走，送到病床上去。"

这个能量满满的小个子男人看起来一副无所不能的神态，看守人也被他的热情点燃，开始跟他一起仔细寻找波比的身影。周围并非伸手不见五指，天空中星光点点，山坡上铺着大片大片的白雪。墓园地势较低那边，高大的廉租楼上，每一扇后窗都亮起了为吃晚饭而点燃的蜡烛。

两个人先在附近的厚石板旁、桌式墓下、分散的荆棘丛边找了找；又绕着烈士纪念碑找了一圈——那些烈士是为了信仰而英勇牺牲在格拉斯集市或别的地方的烈士；然后沿着老教堂的扶壁和新教堂八角形柱廊的柱子又找了找。

他们又从普通墓葬区一直找到西边围墙。从西边围墙可以望到赫里奥特医院里那些被皑皑白雪覆盖的伊丽莎白早期的建筑。返回时，他们绕着廉租楼下那段最矮的墙壁走了一遭。那边沿墙环形分布着一座座高贵的小院式拱顶墓，大理石下躺着的是苏格兰曾经的贵族。那里有许多黑黑的角落，极易藏身。他们惊动了几只野猫，只见它们在墓碑间慌忙逃窜，却没发现波比的踪影。

廉租楼二楼的窗户与墓园的围墙齐高。特雷尔先生冲着其中正亮着灯在吃着极为简单的晚饭的一家叫了几声：

"伙计，看见过一只小狗吗？"

对于他的询问，人们表现出了极大的热情，窗户一扇接一扇地打开，纷纷伸头张望。但是直到快问完，才得到了一点儿线索。听到问话，一个蓬头垢面、衣不蔽体的小女孩从凳子上站起来，在一座山形墓碑后面探出头来。她说她看见过一只很小很小的狗在碑林中走来走去。那是在安息日晚上，衣着光鲜的人们结束了下午的礼拜都离开了，她独自一人在窗边喝稀饭，当时那只小狗眼巴巴地向上看着她，乞食的姿态十分可爱，于是她把自己的小碗用一根板条推到了墓园的围墙上。讲完这些，小女孩蓝色的眼睛里噙满了眼泪，很明显，她深知饥饿是一种什么滋味。

"那只小狗够不到它，结果被一群野猫吃光了。小狗很漂亮，像富人家里养的宠物。它落在雪地上，走开了。它没叫过，肯定是饿死了。"回忆令这位好心的姑娘——艾莉·林赛，趴到母亲的肩膀上痛哭起来。

这事儿被人们兴奋地从一个窗户传到了另一个，一会儿便传遍了整幢大楼。在这人满为患的大楼里，有点事儿竟传播得如此之快！其中最为这个事情上心的便是孩子们。一张张热切而担忧的小脸探出窗外，饶有兴趣地向那凄凉的墓园张望。

"是你的狗吗？"跛脚的塔米·巴尔用他那尖嗓门问道。

"俺要是有只小狗,俺会给它吃俺的麦片粥,紧紧抱着它,它就不会丢了。"

"不是,小伙子。它不是俺的狗。它的主人就埋在这里,这只忠诚的高地犬是为它的主人守墓的。"特雷尔先生回想起老乔克曾这么说过:"波比不是俺的。"此刻他更深刻理解了这话里藏着的悲伤。他潜意识里希望波比是属于自己的,希望这只对主人至忠至爱、不惧饥饿严寒的小狗是属于自己的。他走上绿草茵茵的台阶时回头说道:

"小姑娘,你要是再看见它,叫它'波比',把它带到格雷弗莱尔餐厅。不管是哪个小孩找到波比,俺都会奖励他一个闪闪发光的先令,上面有女王那漂亮的头像哦。"

听到这儿,大家七嘴八舌兴奋地讨论起来。它一定是只迷人的小狗,才值一个先令。孩子们无私地分享着抓波比的各种方案。不过很快窗户都关上了,晚饭继续吃起来。看守人很是烦恼:

"你会把他们都招来的。这附近的孩子多得不得了,没一个是有教养的。"

特雷尔先生煞有介事地分析道:"小孩跟狗在很多方面有相同之处,不听话就教训他。这附近的小孩虽然很穷,缺少管教,但是他们不像牛门街上的小土匪那么坏,连自己瞎眼的奶奶都会偷。伙计,多看看这些孩子们好的一面,你也会活得更轻松、死得更开心一些。"

墓园较长的一端向南紧邻那排商店和森林大道，去那边找估计意义不大。波比如果在这园子里，是不会离老乔克的墓太远的。离这个新墓最近的是两个黑乎乎的桌式老墓。稍远那个，碑石水平地横在支撑的石柱上，离开地面一段距离。稍近这个，支撑的石柱已坍塌，碑石倒在差不多有六英寸厚的支柱上。特雷尔先生和看守人坐到了稍近的这块碑石上。

格雷弗莱尔教堂尽管也会受到外界干扰，但这里依然是荒僻之地。大楼透着一种只有悠久的历史才能赋予的庄严。战争年代，大楼的塔楼曾被用来存放炸药，后来炸药爆炸，把塔楼炸毁了。大楼的墙壁及许多早先的坟墓上都留有战火和枪炮的印迹。在过去十年间，一些哥特式缺口被改造成了漂亮的纪念橱窗。尽管许多碑刻或阴森可怖，或荒唐古怪，或残缺不全，这里依然是令人悲伤的所在，有"苏格兰威斯敏斯特教堂"之称。这里视野辽阔，周边美景一览无余。往上，视线越过那幢最高的廉租大楼，你可以仰望到火山岩上那梦幻般的城堡；往下，你可以俯视高街制高点，直至荒凉漆黑的荷里路德宫。夜幕降临后，高高的炮塔塔尖亮起，陡峭的山脊上灯光闪烁。过了有一会儿，看守人经过深思熟虑后给出了一条意见：

"那狗肯定已经离开墓园了。梗犬都爱叫，这么长时间都没听到一声狗叫，不可能吧？"

知识渊博的特雷尔先生饶有兴趣地挑战这一理论，他说："高地梗犬不是普通的梗犬。斯凯梗犬天性爱吵，但是给它一个理由，它会在坡上的金雀花丛下潜伏一整天，跟只狐狸似的那么狡猾。你把波比赶出去过，那就是它要藏起来的理由。老乔克是很虔诚的教徒，他要教波比在教堂墓园里别出声，一点儿都不奇怪。"

"哎呀，他真的教过。"詹姆斯·布朗拍了一下大腿，他突然明白，波比就是那个曾经到墓园里追野猫并且咬了他一口的那只好看的小狗，老乔克就是那个丢丑的牧羊人，而且很厉害地斥责了那只狗。现在想起这件事，他觉得还挺有意思的。

"老人大声地训斥那只小狗，叫它闭嘴。然后，它舔着主人，很羞愧的样子，就跟个孩子似的。要是地下有个洞，它非钻进去不可。俺把他们都赶了出去，警告他们不许再来。唉，人腿一蹬，被棺材抬着进来那种场景，看着真可怕。"

想到那冷酷的一幕，布朗先生的心为之一凉。此时，他向宽容的特雷尔先生坦承了自己所犯下的错误，并解释说："那只顽皮的小狗咬了俺，俺才发火的。"

"嗯，那正是波比，它什么都敢做。斯凯梗犬敢钻进狐狸和野猫的老巢，也敢惹得大公牛乱弹蹄。而波比更是斯凯梗犬中的佼佼者。"他仔细想了一会儿，尽力模仿着老乔克的语气叫道：

"波比，你在哪儿？快出来，小伙子！"

那只小狗像被魔法召唤出来的幽灵似的，转眼间出现在他面前。它是从他们坐着的那块碑石下面钻出来的。那碑石离地那么近，下面还有一层枯草垫子，他们怎么也想不到它会藏在那里。它充满信任地走到特雷尔先生跟前，挺起头让他轻拍，还用恳求的眼神看着看守人。然后它觉得得到认可了，便在老乔克的坟头上卧了下去。詹姆斯·布朗的烟袋都掉到了地上，说道：

"这真不行！"

特雷尔先生站起身果断地说："布朗先生，俺会把狗带走。等到了集市日，俺去找那个农夫，把波比给他，让他带回家。你说得对，教堂不是狗可以待的地方。波比，过来。"

波比抬头看看他，却无意动身。特雷尔先生蹲下身子把它拎了起来。波比对于他的这一举动颇感意外，一开始老老实实地趴在他胳膊上，不一会儿就扭动着身体，跳到了地上。它身体抖动着，似乎对他的背弃深感不悦，准备好架势进行抵抗。

"咦，你不想走？"特雷尔先生把手揣在口袋里，低头用欣赏的眼光看着波比，叹息道，"有只小狗很合俺的心意，但是它却不愿意跟随俺，它有自己的打算。俺也只好把它留在这里两日了，布朗先生。"

"你不能留下它！你得把它带走，要不然俺会把它赶出去的。伙计，俺要是不按规定办事，俺这差事就别想要了。"

"你不——会——把这只小狗赶出去的！"特雷尔先生对魁梧的看守人伸出一根手指，夸张地摇了摇。

"俺为啥不会？"

"伙计，因为你心太软，你别不承认。"特雷尔先生亲和地微笑着"指责"道。

"俺的心再软，也不会答应留这狗在这里去打扰死了的人。"

"它都在这儿两天了，你一点儿都没发觉。它既没打扰死人，也没给活人添麻烦。它像埋葬于此的盟约教徒一样忠诚，比许多大公都更懂规矩。只是别惹恼它，否则它也会跟撒旦一样反击，"店主越说越想逗乐，"嗯，俺倒是很想看看你把它赶出去。那这里将会再次爆发一次弗洛登战役[①]。"

[①] 弗洛登战役：1513 年发生在英格兰北部的一场战斗，参战双方为苏格兰国王詹姆斯四世率领的苏格兰军队和英格兰军队。结果英格兰获胜，苏格兰国王战死。

看守人很生气,耸耸肩膀说道:

"那你就站这儿看吧,一分钟都用不了俺就能把它赶出去。要是反抗,看俺怎么收拾它。"

特雷尔先生不禁笑了,他觉得布朗先生只是耍耍嘴皮子罢了。他快走出大门口时还忍不住激将了一句:"俺看你敢不敢。"

布朗先生锁好大门,闷闷不乐地回到小屋,点上烟斗,狠狠地吸了起来。他心事重重地读了一节颂诗,拨了拨本已红火的炉火,冲着安详贤淑的妻子怒目圆睁。一只十英寸的小狗胆敢藐视他,一个体重还没他三分之一的家伙竟然说看他敢不敢履行自己的职责,这气他怎么能受得了!约莫过了一个小时,他已经恼得不行,摔门而出。

八点钟时,特雷尔先生看见在紧锁的大门前人行道上的波比。一场不公平的斗争之后,波比被迫又得寻求他的帮助。波比恳求着要进去,但是它好一会儿才明白过来,大门对于特雷尔先生来说太高,他没办法把自己从大门上面放进去,于是主动跟着店主到了他的餐厅,想着这位能人会有别的办法去解决难题。但是当看到店主舒服地坐进椅子里时,它便不愿意在炉边卧下。它跑到门口又跑回来,呜呜地恳求店主把自己放出去。很长一段时间,它都沮丧地站着。不过它没生气,因为吃了一顿简单的晚饭。为了感谢店主的招待，它殷勤地摇了好多下尾巴，甚至愿意让他摸摸自己。它突然想起了什么，跑到一个墙角，潜伏起来。

特雷尔先生饶有兴趣地观察着这只迷人的小家伙，心里越发喜欢它。他甚至做起了白日梦，也许他可以说服冷山农场的承租人放弃波比，也许他可以赢得波比的喜欢，令它放弃那冰冷的墓地来自己的家。

波比纵身一跃，老鼠被逮了个正着。波比昂起头，把战果摆到了好朋友的脚下。得到了赏识的小狗高兴地跑到门口，不连贯地吠叫几声，摆出邀功的姿态。它的理由很明显："俺为你办了件事，你带俺回墓园。"

特雷尔先生跟它理论起来，像在跟一个聪明的孩子讲话似的。波比很认真地听，但是心意不变。最后它对这位人类朋友的表现很失望，沮丧地移到门边卧了下去。特雷尔先生时刻留意着它，因为万一有迟来的客人，只要一开门，这只失去主人的小狗便会趁机溜出去，跑到危险的街上去。波比有意守在门边，明显就是要等待这样逃逸的机会。它耐心地等了许久以后，开始跑过来跑过去。它用爪子扒着特雷尔先生的腿，哀怨地呜咽，最后竟号叫起来。

悲戚可怖的号叫声在餐厅里回荡。它不停地号叫，直到店主心烦意乱，担心搅扰了邻居们的清静，起身把它关进了后面的储藏室，并叫它住嘴。小狗安静了足足十分钟，很可能是在探寻新的出口,然后又开始号叫起来。那么小的狗能叫得那么大声,也真是令人惊奇。

在人的耐力与犬的坚持之间展开了一场激烈的斗争。特雷尔先生正在思索谁会是最后的胜者,门突然开了,猎人书屋的老板探头进来,只见他头发全秃、眼神呆滞,这种书呆子形象着实有点好笑。

"特雷尔先生,你如今喜欢上养狗了?"

"唉,要是狗能喜欢上我就好了。"

听了这句俏皮话,这位缺少幽默感的好人颇为不悦,他有点恼火地说:"狗的叫声让我店里的顾客都没法看书了。"很多学生为了节省蜡烛,常到他店里去。

"这可不行,"店主同情地附和了一句,接着说,"'读书使人充实。'噢,要是罗伯特·彭斯[①]当年喜欢的是书而不是酒,这世界该有多么不同!"书店老板可不愿意被他这套花言巧语的文学追思糊弄,他坚持把抱怨进行到底。

"特雷尔先生,你别让那狗再叫那么大声了。要不然,我会报警的。"

店主报以淡然一笑。

"你完全可以行使你的合法权利,我的邻居。"

[①] 罗伯特·彭斯(1759—1796):苏格兰农民诗人,在英国文学史上占有特殊地位。许多研究者认为过量饮酒是他英年早逝的原因之一。

随着大门哐啷一声关上，形势骤然紧张。波比的叫声仍然没有要停的意思。特雷尔先生只好把它从储藏室放回到外间，但它只是暂时安静了那么一会儿，很快便恢复原样，用力地扒门。这对店主的意志力也是一种考验，他不知道该拿它怎么办，除了一点——绝不会抛弃它。为了拖延时间，他穿上大衣，戴好帽子，抱起波比，打开了大门。他有个念头，可以试着从墓园地势较高的那个大门把波比放进去，要是行不通，就到赫里奥特医院的操场上，从那里的围墙上把它放进去。正在他开门的时候，听到森林大道拐弯处传来了乔迪·罗斯的口哨声。

"嘿，乔迪！"他叫道，"过来一下。"那个强壮的小男孩进来后，他把门关好，郑重其事地问道："乔迪，你想挣一个先令吗？"

"当然愿意。给我几个便士的硬币吧，特雷尔先生。这样看起来比较多，装在口袋里也会叮当叮当响。"

店主付了钱，并把事情的原委说了一遍。这个健步如飞的男孩马上要为英雄的小狗跑腿了，一想到那黑夜里的冒险，乔迪便两眼放光。波比蹲在地板上，全神贯注地听着，全身每一处细胞都拧着一股劲儿。一听到那个重要的问题，它更是铆足了劲去听答案，小小的身板异常兴奋。

"就没有办法把这只小狗偷偷地放进墓园里吗？"

第四章 墓园拉锯战

一旦知道怎么办了,事情就再简单不过了。特雷尔先生竟然不知道,位于蜡烛制造商业街地势最低那头的坎伊纽克大楼里,有一条通往墓园的捷径。从大楼那低矮的木廊台前的楼梯上去,穿过一条跟"血腥的麦肯齐"的心一样黑的通道,通道末端有一个"猫眼"窗,支在木架子上,而那木架子正好位于墓园围墙的正上方。可以把波比从那个"猫眼"窗放到某个贵族的墓碑顶上,它就可以跳进墓园里了。

"只需走两分钟,胆子大些,脚步轻些,这件可怕的任务就完成了。"才十二岁的乔迪宣布道。他把这件事想得有多可怕,他自己就有多胆大。

当事情做好后,两个人镇定地站在灯火通明的引桥上时,特雷尔先生心中泛起了忧虑。他这样一位受人尊敬的商人及教堂委员,居然请一个小男孩帮忙做了件这样的事,而且小男孩还很有可能到处去说,他心里着实不踏实。

"乔迪,你要敢把这件事告诉别人,我一定会狠狠地揍你一顿。"

"俺不会说的,"乔迪让他放心,"这事也不光彩,俺妈知道了肯定会打俺的,赫里奥特的同学们也会把俺揍得鼻青脸肿,至少一个月才能恢复原样。"

第五章　逃离乡村牧场

　　特雷尔先生给所有的客栈与搬运站都留了话儿，说让冷山农场的承租人去他的店里找波比。周三下午那个人来了，驾驶着一辆由高大的克莱兹代尔挽马拉的农用车。这个身材魁梧的长腿高地人一进餐厅，整个房间立刻显得无比低矮。他感到有些不自在，那每日在呼啸的风中冲狗和牧羊人喊叫练就的高地人的大嗓门，也与这城里的房子格格不入。

　　"狗在你这儿吗？"

　　特雷尔先生指了指吃过午饭、正在长椅下面酣睡的波比。

　　农夫松了口气，在一张餐桌边坐了下来，简单吃了点面包加奶酪。他的穿着跟老乔克一样粗糙，一件金属扣子的灰色粗织呢绒大衣、一顶绒线软帽加一件牧羊人的双层披风，总之完全不属于城里人。他刚步入中年，又高又瘦，肌肉强健，瘦削的下巴刮得干干净净，浓密的眉毛下面一对犀利的灰色眼睛，一头蓬乱的赤褐色头发。他一开口讲话，便暴露了自己的身份。

"梗犬们在普通的农场里或在城里赶赶老鼠，还是有用的。不过在养羊场，就没多少用处了。农场有位小姑娘很喜欢波比，想把它当宠物养。老乔克也真是的，不该跟小孩子抢。"

特雷尔先生做了个手势，驳斥道："伙计，别说人家坏话。老乔克已经死了。"

农夫本来红彤彤的脸唰的一下子变白了，餐刀都掉了。"不会死得这么快吧？"

"唉，四天前葬到格雷弗莱尔教堂墓园的，波比每晚都睡在老人的坟上。"

"你帮俺看着这只狗，俺想去他坟上看一眼。"

特雷尔先生叮嘱他，别让看守人知道波比一直守在墓园里，它都被赶出去过两次了。农夫十分钟后就回来了，脸上静得让人读不懂。他点上短烟斗，吸了一口，才开口道：

"一个穷放羊的，能葬在格雷弗莱尔教堂，真算是气派的。"

"在俺看来，那也不如升到天堂。"特雷尔先生冷淡地回了一句。

"当然,死后都想进天堂。不过断气后,能把这把骨头安放在格雷弗莱尔教堂,也是一种荣耀啊。"

"只可惜那么个好人,宁愿活着在彭特兰高地的山坡上放羊,也不愿意死了葬在这教堂。"

"那是,"农夫附和着,"他很喜欢山里,不喜欢城里。在看羊方面,他真是把好手。大风天,他只带一只柯利犬,能翻山越岭好几英里路,把走失的羊群寻回来。老人虽说脑子没那么好使,但是特别受孩子们和牲口的喜欢。波比愿意跟着他,也不是他的错。要不是她娘不同意,俺闺女非要一起跟来找他。"

特雷尔先生问他这么能干的一个人,为什么不接着用,他毫无迟疑地回答说,因为年龄大了,干不了冬天的活计。对于任何养羊场以外的人来说,这种理由听起来很残酷。但是特雷尔先生明白,生活在荒原里的农民身上压着多么沉重的租金和赋税。养一个老得不好用的牧羊人,遇到暴风雪很容易把羊群弄丢,这无异于自寻死路。此刻,这个男人不知不觉间也表现出了在自私自利的皮囊下面一颗温情的心。

"俺不知道老人病得那么厉害,要不然他就可以好好在农场待着,舒服地死去。"

波比展开身体，伸伸懒腰，马上要醒来的样子。农夫站起身，不动声响地抱起它，把它装进了盖着的笼子里。这回他可不想让小家伙再溜掉。波比急得嗷嗷叫，挣扎着在柳条编的坚硬的笼子里乱抓。听着它的号叫，看着那么勇敢的小狗此刻连半点反抗的能力都没有，特雷尔先生心如刀绞。他隔着笼子跟它说话，一直跟到笼子被放到马车上。他说让它回家是老乔克的意思。一听到它挚爱的那个人的名字，波比一下子坐到了笼子底上，心碎地哭叫起来。它哭叫得那么伤心，店主也禁不住泪水涟涟，连农夫也说头突然有些不舒服了。

"要不是俺的小闺女非得要它，俺肯定把它送给你了。多亏了你给它吃的，要不然它早就饿死了。"

"唉，伙计，是它自己不愿意跟着俺，否则俺肯定会跟你讨要过来的。墓园也不允许它待在那儿。再没有比一只失去主人、无家可归的小狗更可怜的了。"波比不再哭叫，而是通过笼子上的洞拼命地舔店主的手，以此表示恳求。为了拖延点时间，跟波比再待一会儿，他问起了"波比"这个名字的由来。

"名字是附近斯旺斯顿的一位夫人给起的。有一天，她乘着几匹毛茸茸的设得兰矮种马拉的车子路过冷山农场时，停下车去品尝搅乳器里的乳酪。这时，她正好看到跟在老乔克身后的一只小狗崽儿,蹦蹦跳跳的,跟狮子狗似的那么好看,却比狮子狗聪明许多。于是她给了俺一英镑,买下了它。俺把它放在了夫人的车子上。她说终于找到一只帅气的高地犬来给她的高地犬们配对了,然后便要挥鞭而去。这时,小狗从车上跳下来,沿着大路飞也似的逃走了,好像有魔鬼在后面追着,逗得那位夫人笑个不停。她驱车离去,直到山脚下时依然大笑着,回头喊道:'叫它"波比"吧,老乡。它不想待在田间地头,而要去爱丁堡闯一番天地了。①'俺没听懂那位夫人说的是啥意思。"

"伙计,她是把它说成了另一个'彭斯'。"

这段佳话无疑增添了苏格兰文艺神坛上那位巨人的魅力。店主叹息着走回到门口,站在那里听着车轮的转动声、马蹄的嘚嘚声和小狗的哀号声渐渐远去,直至消失在森林大道上。

他也许会很吃惊,还没等走出城区,波比已经不再反抗,也不再悲号,而是安静下来,耐心地做着一件更有意义的事情。人如果这样被绑架到别的地方,可以说是很无助的。但是波比把黑色的鼻尖从笼子最大的洞伸出去,用它那管用的小鼻子一路辨别着自己的去向。

波比以前没走过这条路。无论是生意兴隆的小商店的

---

① 这位夫人的话影射了罗伯特·彭斯由农民变为诗人的经历。

味道，东面大学校园花园般的味道，还是维护得当的居住区公园乔治广场的味道，都令它感到迷惑。但是等马车一过洛里斯顿，它便闻到了那些熟悉的味道：牛羊市上的奶味及膻味、农家小院的味道、新翻的田畦的味道，以及农场和农场建筑的味道。

这个星球有三种维度的美。人类通常只注意到事物的外表而忽略其他；有一部分幸运的人能够用耳朵去聆听风吹大树、飞鸟与流水的和声；然而附着于每一种事物、紧紧包裹着大地的各种气味，却狡猾地游离于我们的能力之外。而一只行走中的时不时闻闻嗅嗅的小狗，却生活在另一种世界里，能经历它的主人所感知不到的愉悦。对于自己世界里蕴含的种种新奇，它都竭尽全力地去领略，并孜孜不倦地从中获得点滴线索。

从伯勒缪尔山坡制高点开始，对波比来说，一切都很熟悉。雪已融化，到处弥漫着秋天的味道。空气中流动着桦树、山毛榉那还裹在树胶下的蓓蕾的芬芳，花楸树上结出的浆果的甘味，还有高地冷杉及落叶松的花香与树香。潺潺的溪水里，枯死的峡谷蕨草顺水而流，水面随之泛起无数泡沫。就连光秃秃的树篱也散发着木头的气味，而石堤上尽是苔藓地衣腐朽的泥土气息。

波比清楚，到山谷里的收费站时要停一停，从那里出入的人员及马匹很多，它能闻出那种人马混杂的气味，它能闻出奶牛场上禽肉和奶酪的味道，能闻出户外爱好者集会的客栈前猎犬及皮骑具的味道，能闻出磨坊里粮食及废水的味道。等过了山顶的费尔迈希德收费站，往下穿过一条狭窄的山谷，再翻过一个有岗哨的山峰，就较少能闻到动物的气息了。只有零星的几个大农场，建筑周边有羊群、牧羊犬和畜棚场。等山路沿着较高的山脊向上走时，从北海吹来的咸咸的空气中弥漫的大部分都是石楠、金雀花和蕨类的强烈味道。

冷山农场位于高高的山坡上。等他们到达时，天已经黑透。一扇扇小而深的窗户里透着的光，勾勒出一座低矮的陡坡顶的石头农舍。黑暗的山坡上出现了一个小姑娘，在寒风中飞快地跑着迎接马车。只听得一声稚嫩而热切的喊叫，宛如山间清脆的鸟鸣。

"你把波比带回来了吗，爸爸？"

"当然了，小宝贝。俺把它带回家了。"农夫扯着他那大嗓门答道。

马车停下来，小姑娘被接上了车。和爸爸一阵甜蜜的亲吻和拥抱过后，小姑娘提了一个请求：

"爸爸，我可以抱抱小波比吗？"

"不能，小宝贝。像你这么漂亮的小不点儿是抱不住它的。波比很有可能会逃走,逃去华丽的教堂墓园跟老乔克待在一起。"

小姑娘倒吸一口气,轻声啜泣着,害怕地问道:"爸爸,善良的老乔克死了吗?"

波比听了,悲伤地号叫一声,以示肯定。小姑娘紧紧贴着父亲的胸口,把头埋进他那粗糙的披风,痛哭起来,为老乔克,也为这只伤心的小狗。

"除了爸爸、妈妈和大哥瓦迪,我最喜欢的就是老乔克和波比。"小女孩把脸蒙在父亲的披风中说道。由于天黑,附近又没有别的人,这位一向沉默寡言的苏格兰农民自在地用起极为温柔的语气跟女儿说话。他用胳膊搂紧了怀里这只"小羊羔",安慰她说,以后会更好地待波比,还说小狗很快会忘掉伤心事,重新高兴起来。

牧羊犬狂叫着向马车冲过来——那叫声能把人耳朵给震聋了,那股兴奋劲儿也好像以前从没见过这样的归来似的——然后跟马车一起跑起来。厨房的门开了,透出的亮光给分散在石楠丛生的丘陵间的牧羊人发出了回来的信号。不一会儿,笼子被提进了农舍,门关好后,波比在炉火边被放了出来。

这是一个光线昏暗却温馨的老式厨房,火炉里燃着泥炭,火光照亮了被烟熏黑了的屋顶椽子。屋子里很快挤满了回来吃晚饭的牧羊人，他们的晚饭是麦片粥、奶酪、奶和薄饼。牧羊犬们一只只都伸开四肢趴在火炉边打瞌睡，因此承租人那纯朴的妻子抱怨说它们挡了路，不过她没去打搅它们睡觉，而是从它们身上迈了过去，因为它们虽很疲惫，却必须再出去一趟把羊群赶回圈里。

由于像囚徒一样被带回来，又因为老乔克孤零零地躺在教堂墓园而伤心，波比悄无声息地走到角落里的一把椅子边。以前老乔克总爱坐在那把椅子上，一个人沉默不语。它在椅子下面卧下去，而那个四岁的小女孩也紧挨着它坐到了地板上，她理解它的心情，和它一样难过。大哥瓦迪粗鲁地嘲笑她，说她都快要跟波比用一个盘子吃饭了。

"埃尔西，我才不会为一只小狗那么疯狂的。"

"别招惹你妹妹。"农夫呵斥道。母亲抚摸着小女孩那光洁的额头，拭去从她那湛蓝的眼睛里流出的泪水，任女儿不住地轻声啜泣。

波比一开始拒绝吃东西，后来慢慢地想通了。它有未完成的任务，必须活下去，必须补充能量，让这颗心脏好好地跳着。于是在小姑娘的陪伴下，它好好地吃了顿晚饭。出于感谢，也因为小姑娘的同情，它竟然顺从了小姑娘的抚摸。牧羊人和牧羊犬又都出去了，农夫进屋来想查看一下，这时波比起身跑到门口趴了下来。小女孩跟着它一起过去，她用胖乎乎的双手撩开波比脸上那银色的饰毛，捧起它的脸，注视着它那对哀伤的褐色眼睛。

"哦，妈妈，妈妈，波比在哭呢。"她叫道。

"不，小宝贝，小狗是不会哭的。"

"真的，它哭得很伤心。"

一个甜蜜的轻吻突然印在波比的额头。

"宝贝，你不该亲它，它又不是人。"

"亲亲它，它会感觉好一些。爸爸，它哭得很伤心，连我都受不了了。"小女孩跑进炉边妈妈的怀抱里，哭着睡着了。女主人做起了针线，而男主人在舒适的炉边抽烟。时钟走针嘀嘀嗒嗒的声音是屋子里唯一的声响。泥炭燃烧是没有声音的，只是会发出一股刺鼻的味道，正是这种味道，会令出门在外的苏格兰人思乡。波比安静地守在门口。农夫神情夸张地说出了这个令他震惊的消息：

"老乔克死了。"波比听到这句话，不安地蹭了蹭大门。

"嗯，女儿跟俺说了。从小狗身上也看得出来，它跟个人似的不停哭呢。"

"他埋到有名的格雷弗莱尔教堂了。"这才吸引了她的注意力！她放下针线，看着丈夫。

"那里有个园丁——贵族家里都有这样的人——住在大门口旁边的小房子里。他没别的事，主要就是晚上锁锁门，赶赶野狗，夏天时养养花儿。哎呀，那里真是个好地方！"

"那老乔克真是走运。"

"那可真是！他的坟头离烈士纪念碑不远。"说完了了不起的教堂，他又谈起了别的趣事。

他咯咯地笑了起来。"墓园大门口贴了张告示，写着'狗不得入内'。不过波比竟然在老乔克的坟头睡了一——二——三——四——总共四个晚上，那个园丁都没察觉。你说它狡猾吧？"

"嗯，真滑头。估计大家宁愿走上几英里路也要到老乔克的墓上去看看的。周围的人都认识他。要是安息日在教堂里跟大家说，他被埋在了格雷弗莱尔教堂墓园，那一定是爆炸性新闻。"

波比一直静静地守在门边，听着他们说话。它期待着能有人把门打开，可是很久都没有，于是呜呜叫着在门板上挠。小女孩惊醒了，睁开眼睛，从母亲膝上扭下来，向它跑过去。波比马上立起身，拽拽她的小衣服，恳求她把自己放了。小女孩用自己胖乎乎的胳膊环住它的脖子，想要安慰它，可是它挣脱了，号叫一声，十分可怖。

"嘿，波比，闭上你的嘴巴！"农夫呵斥道。

"哦，小宝贝，它吵死了。我们把它放到牛棚里跟牛一起过夜吧。"母亲心烦意乱地说道。

"我想让波比和我睡在一张床上,我会一直抱着它,爱护它,直到它停止哭泣。"

"不,小宝贝,它不会停的。"男主人一只胳膊抱起女儿,另一只夹着波比,女主人提着煤油灯走在前面,他们穿过漆黑的院子,来到了牛棚前。结实的大门一打开,一股混着动物体味、奶味及干草味的复杂味道扑面而来;随之传来一声声深长而自足的呼吸声,这大概能让波比有种找到同伴的感觉吧。

"孩子,波比和这些牛在一起,不会感到孤独的。等明天早上,你可以用一根绳子牵着它走,这样它就不会逃走了。过不了几天,它就会把老乔克给忘记的。到那时候,你就可以和这个漂亮的小狗一起在山坡上蹦蹦跳跳,快乐地玩耍了。"

这些话对小女孩来说太有说服力、太有吸引力了。她擦干眼泪,又一次亲吻了波比的额头,并在墙角用石楠为它铺了一个窝儿。不过等他们一家要离开牛棚时,她又有了新的疑虑。

"爸爸,你要是不把它拴起来,它会逃走的。"

"傻孩子!这里四面围墙,上有顶,下有底,一只小狗怎么可能逃得出去?"

小女孩有如此担忧,纯粹是紧张情绪在作怪。听了父亲的话，她放心了，高高兴兴地回房躺自己小床上去睡了。

啊！在这天寒地冻的世界上，这里对波比来说真是一个暖和的地方：小主人心肠好，又不失为一个好的玩伴；吃的应有尽有；自小在农场长大的它也颇为喜欢生活在这儿的那些人。这里有自由：辽阔的荒原任它东奔西跑；野兔、狐狸、红松鸡等多种小动物任它追逐；自己叫得再大声、再长时间，也不会碍着谁的耳朵。此外，老乔克临终前也嘱咐过"回——家——去——孩子"。这一点波比应该是不会忘记的，因为它所深爱的老乔克说过的其他每一句话它都会遵循。但是，自己的喜好、对自由的热爱、服从主人的本能，这一切都被这只小动物抛到了脑后，而压倒一切排在第一位的则是去守护主人身上的那一抔圣土。

牛棚的门刚被锁上，波比就在一片漆黑中探查起四周围墙。唯一可能的出口是门下面一条一英寸宽的缝，那个地方棚内的地板没铺到，露出一点泥土地。这条门缝只够它伸出去一只爪子，而那露出的土地由于牲口常年的踩踏，已变得跟木头一样坚硬。面对这种情形，这只怀有破釜沉舟之志的小狗毫无惧色。

它开始刨了。它这种品种的狗，极其勇敢且坚毅，常被农夫或猎人用来挖出那种居于洞穴内的小动物。它耐心地、稳扎稳打地刨着，一小时又一小时过去了，那条缝也一点一点扩大。有时候它不得不停下来休息一会儿。当它的两只前蹄都能伸出去时,事情取得了不错的进展;但是当它需要把两条腿都直直地伸到门外,然后一点点把土扒回到牛棚里时,没经历过那种剧痛的动物是完全想象不出该怎么去完成这项任务的。而众所周知,斯凯梗犬决意做什么事情时,直到死才会停歇。波比嗅到了自由的气息;它把身体挤得跟只鼬鼠似的,拼命地从自己打的洞往外钻。洞那么小,它使出了浑身解数往外挤,背上全是挫伤,它终于精疲力竭颤抖着站在了黎明的风中。

羊圈的门开了,牧羊犬汪汪叫着,羊群窸窸窣窣动了起来;尽管星星仍然挂在天上,但是这些标志着农场的一天开始了。波比像离弦的箭一样,迅速地逃离牛棚,从农舍边上跑过去,自由地朝山坡下奔去。山顶空气清冽,微风拂面。它连跑带跳,以每分钟百尺的速度,奔向另一个为深不见底的白色浓雾笼罩着的世界。

在深山坳里,离开大路一段距离,有一片湖,因溪上筑坝而成。剪羊毛的季节,大家都来这儿给羊洗澡,而其他季节则人迹罕至。湖周围环绕着灌木丛林,阴暗而潮湿。波比凭嗅觉找到了这处隐秘的所在,蜷在一棵榛子树下安然入睡。在它沉睡时,从远方高地吹来的刺骨寒风吹散了大雾,低地如魔法般显现出来。从波比睡觉的那个地势较高的地方可以看出，大路一会儿升一会儿降，在起起伏伏中逐渐下降，一路通往爱丁堡。从城市山岭的制高点及山腰处升腾起一片朦胧的烟雾，一直蔓延至福斯港林立的渔船上空。

小狗是看不到那么远的。它只能根据气味去分辨沿途的景物。它正要朝高处的收费站走去，突然听到身后传来了马蹄声及马车叮叮咣咣的声音。它来不及弄清楚到底是不是冷山农场的承租人追来了，就铤而走险地躲到了一面石墙边，费力地爬上去并沿着石墙走了一小段，又跳到边上一条荆棘丛生的小道上。小道处于一个林木繁茂的小山

谷中，路边流淌着一条小溪。

这下它迷失在了一片从未来过的乡野之地。狭谷中泉水叮咚，低矮的杂草丛中到处是野兔的踪迹，这对猎犬类的小狗来说太有吸引力了。跟老乔克走得多了，它知道流水就是天然的公路。赶着羊群顺流而下，在某些下坡处或是流水回旋之陡坡上找到出口，便能发现新的牧地。

波比以前从来不知道，在如此荒僻的小溪旁，竟有一座有多个烟囱及山形墙的石头住宅，坐落在一个四周有围墙的花园内。整座花园建筑处在一片开垦出的林中空地上。如今，游客们不惜漂洋过海来这里参观斯旺斯顿别墅①。在它那香气四溢的花园里，一个脸色苍白、眼神忧郁的少年曾做过多少勇敢的好笑的梦啊！波比对它没有一点儿兴趣。它只是闻闻铁线莲的枯藤、沉睡的灌木丛，还有那生机勃勃、鲜亮的冬青树篱，绕着围墙的一个墙角转悠，还碰见了一群在山坡上嬉戏的小孩子。往上看去，便是那座漂亮的茅草顶的房子，依山而建，距离爱丁堡城区有好几英里。孩子们都是吉卜赛人的装扮，正用戴着手套的小脏手拿着东西吃。他们年龄太小了，玩的时间永远不够，所以才不会好好坐下来正式地吃饭呢。看见他们吃午饭，波比突然

---

① 斯旺斯顿别墅：距离爱丁堡中心南面八英里。它是苏格兰著名文学家罗伯特·斯蒂文森孩童时期的家。罗伯特·斯蒂文森的代表作为《金银岛》。

觉得肚子好饿。它跑到一个有很多食物的小男孩跟前，礼貌地立起身来乞食。

孩子们喜欢得大叫起来，兴奋地叫自己的妈妈出来看这只漂亮的小狗。斯旺斯顿小村子的绿草地上，从来没听到过那么大的声音。房门纷纷打开，女人们慌得连头巾都没戴就走了出来，有的抱着婴儿出来，有的拖上了小孩的爷爷奶奶一起出来。大家不住地啧啧称赞，拍手叫好，又一阵高分贝的欢笑声传来，原来是有个小男孩手里拿着诱人的食物，故意放到波比够不着的地方来逗它。只见波比追着他，一次次立起身，一次次跳起来，就是够不到。为了赢得奖赏，它在地上连打马车轱辘，耍起了老乔克教给它的各种技能。然而事出意外，竟有一个眼神精明的女人扑过去把波比抓住了。

"这不是一只普通的狗，肯定是某位夫人的宠物丢了。俺把它关起来，说不定就有人会拿一两个先令来换它呢。"

波比从她手上一下子扭了下来跑掉了。它沿着峡谷那荆棘遍布的峭壁径直往上爬，这样那些小孩就没办法追过来。它一直爬到了谷顶。好险哪！拼尽全力才得以逃脱。它的小心脏怦怦直跳。精疲力竭的它依然保持警觉，躲到了荆豆丛下喘口气。隐蔽的山谷里没风，谷顶的风却有些强劲。风向突然一转，波比闻到了一股刺鼻的炭烟味，那味道来自三英里外的爱丁堡。

如离弦的箭一般,它在原野上驰骋起来,一路上跨过马路,翻过围墙,走过新翻的田地,越过奔流的小溪,从树篱下钻过,在农庄及花园别墅旁狂奔。当它离城很近时,凭着斯凯梗犬那敏锐的听力,它听到了报时的钟铃,这帮了它的大忙。天色渐晚,它终于翻过最后一道坎,到达洛里斯顿广场。在那里,它嗅到了奶和羊绒的味道,还有教堂墓园那潮湿的气息。

此刻该寻点吃的来抚慰下饿扁了的肚子了。紧张困顿的一天一晚,早已耗尽了它体内所有的能量。波比沿着森林大道一路狂奔,转至格雷弗莱尔商区。夜幕中,大桥上的点灯人正忙着把两排煤油灯一盏一盏点亮。波比跑到特雷尔先生的餐厅门口,正要直起身子扒门,突然听到军号吹了起来。它立刻朝教堂大门冲去。

它到得正是时候!布朗先生正在关边门。就在他转身前的一瞬间,波比迅速溜了进去。等天黑看守人巡视过后,它才从坍塌的让·格兰特夫人的墓碑下走出来。

廉租楼上的后窗已亮起来,人们都正坐着吃晚饭。寒潮又来了,黑压压的天空预示着又要下雪,所有家庭都关好了窗户。波比只要冲着低楼层的窗户尖叫一声,就可以让人发现自己的存在,得到食物。然而,它蹲坐在那里,时不时地换个地方，渴望地看着人们吃饭，却始终一声不吭。渐渐地传来了婴儿的哭声、洗碗声与教堂时远时近的钟声。再后来灯都熄了，廉租楼及教堂建筑的巨大黑影吞噬了整个墓园。

等波比在老乔克的墓上躺下去时，一片片冻雪纷纷落下，空气都凝成了霜。

第六章　征服看守人

睡觉足以让一只小狗恢复体力，而禁食则会让它的脑瓜更清醒。因为太累了，波比睡得很香。但是饥饿让它早早地便醒了，它马上意识到了自己的处境。冬日的早晨，时间还很早，周围一片漆黑，连麻雀都还没出来觅食。城堡里的锣鼓和军号还没奏响，送奶车和环卫工的保洁车就已出来，叮叮咣咣走在上冻的街道上。天边刚露出一点儿鱼肚白，头顶着重重的鱼篓的卖鱼妇，已从纽黑文码头一路来到这里，扯开嗓门叫卖："卖鱼了，新鲜的鲱鱼！"很快，卖柴火捆的汉子们也来到各个廉租楼的天井里——廉价的柴火买卖通常在天井中进行——一声声询问着："您冷吗？买些柴火捆吧。"

格雷弗莱尔教堂地势较低那端的高楼群里躲着许多的

流浪儿，他们真的很冷，哪怕是睡在被窝里的也还是会冷。但是波比有一身厚厚的绒毛大衣护着，暖和得跟早餐桌上的热吐司似的。它用力地抖落压在自己那毛茸茸的被毛上的一层冻雪，然后又趴到墓上，鼻子贴着前爪。它脑子里正在考虑一件要紧的事情。要完成这件事，得靠它那顶顶聪明的脑袋瓜子，和坚定得犹如钢夹的一副鼻口。尽管身小力单，且没有主人庇护，但是它自身的勇气、才智及意志令它卓尔不群。

只要看守人的房门一打开，它就不得不重新躲回那块坍塌的石碑下。整日挤在这窄缝中，日复一日，对于任何活着的热血动物来说都是很崩溃的一件事情。这无异于是一种极端的折磨，没有谁能长时间地忍受。为了能到特雷尔先生的店里吃到一天中唯一的一顿饭，它每天都得瞅准时机，趁边门开关的瞬间出去或者进来，跟个贼似的。这种鬼鬼祟祟的生活不仅非常危险，对于一只诚实的小狗来说也是极伤感情的。得不到别人的赞赏与认可，本已十分痛苦，而当人们恶语相向时，它很快便会失去自尊，沦为贱民。小波比现在看起来已经是没人管的模样了。本来漂亮的一身大衣变得又脏又乱；穿越荒野的过程中，长长的被毛里卷进了许多草叶、细枝和芒刺；腿上及身下的被毛上满是泥巴。

第六章 征服看守人

竭力逃避流浪的命运是所有狗的本能。它会凭着自身全部的才艺去迎合人类。谁能在某些方面对人类有益,谁就能过上好的生活,赢得自己的一片天空。波比对人类有用的一项本领就是它的狩猎本能,它能逮到任何穴居的小动物,从而省去人们的麻烦。有件事波比能为格雷弗莱尔教堂墓园去做。三个世纪以来,这座圣洁的园子不允许猫狗出入,因此老鼠成灾。波比的鼻子实在受不了充斥在空气中的那种撩拨它的气味。此刻,在凛冽的晨曦中,一只大老鼠钻出洞来,在被大雪覆盖的空地上一会儿跑到这儿,一会儿闪到那儿。

犹如有弹簧发射,波比一个跳跃便抓住了猎物。只见它口一闭,头一拧,便拎起了那个软绵绵的牺牲者。它把战利品放到了老乔克墓前。这是它另一个根深蒂固的本能,总要把战利品放到主人脚下。

"好样的!你这漂亮的小家伙真是把好手!"每次这样捕获了猎物,老乔克都会这么表扬它,充满爱意地拍拍它,然后它就会开心地、骄傲地把尾巴摇得跟拨浪鼓似的。每次它还会得到一些不常吃到的好东西,作为对它超凡能力的一种奖赏。逢着这样的时候,冷山农场的承租人便会说,或许可以让波比去看粮仓或是奶品间。特雷尔先生那次在他家的餐厅里,对它抓老鼠的本领也赞不绝口。但是波比还太小，还没被专门指派去抓老鼠。它偶尔抓抓老鼠，就跟追逐野兔一样，纯粹是一种消遣。抓了一只老鼠后，它又躺回去了。不过没过多久，它便主动起身，朝环形分布的那些小院式拱顶墓跑去。沿着墙边的那些墓之间或墓后面有一些隐蔽处或缝隙，看守人的镰刀、耙子及铁锹够不着，成了老鼠们的避难所。

波比把身体拉长、放低后能平贴到地面，跟只鼬鼠似的。它在栏杆与碑座间挤来挤去，在掉落的石刻、喇叭、天使翅膀、骷髅叉骨标志与拉丁文卷轴等碎片上蹒跚而行，在神圣的月桂丛、牛蒡、蓟与枯死的乱藤中俯身前行。它趴在这些废墟上，或这儿或那儿，一动不动，活像大理石棺上的肖像雕刻一般。天渐渐亮了，老乔克墓上的死老鼠也堆成了山。

波比尽了最大的努力后，又一次躺了下来。它的样子比之前更糟糕了，但是它的心里却感觉好多了。它安静地待在那里，天色越来越亮，只见一座座石墓矗立在雪地上，山坡上石碑与坟墓尖顶呈阶梯式排开。一个个高耸的烟囱开始冒烟；房门纷纷打开，衣衫单薄的女人们那急匆匆的身影开始出现在破烂的走廊与摇晃的楼梯上。城堡上的角楼忽然之间镀了一层惨白的日光；而高高的陈旧的廉租楼上，每一个小隔间里的人们都动了起来。大学的钟声召唤着各处的学生去做晨间祷告。鬼马精灵的孩子们那营养不良的脸一张张出现在窗边，朝着墓园里张望。觅食的麻雀们一听到动静，就立刻拍着翅膀飞到一些深嵌的窗台上，等待着从吃不饱的孩子们手中散落的面包屑。

波比一动不动地观察着这一切。听到石屋的门开了又关上，沉重的脚步踏着积雪覆盖的石子，嘎吱嘎吱地从教堂边走来，它不禁颤抖了一下。它站了起来，四肢有点打战，头和尾巴都耷拉着，不过仍然英勇地坚守着阵地。看守人看见它以后，它便迎着对方跑上去，后腿收起立着，毛茸茸的前腿收在胸前，乞求着对方的关注与放任。然后它伸开四肢趴到了看守人的一双大脚上，为自己的冒失恳请原谅。最后，它一闪身回到墓上，嗅了一嗅，又立起身，昂起头，尾巴翘得老高，一脸兴奋，好像在说：

"快来呀，来看看这辉煌的战果。"

它要是能大叫，就能更清楚地表达出自己的意图，但是它始终恪守着主人要它"住口"的信条。但是，看守人可不是那么好糊弄的。特雷尔先生跟他说波比已经被接回农场了，但是它却依然在这儿，还耍着花招，好像要讨好他似的。布朗先生先是吃惊，继而气愤地从口中取出烟斗，怒目圆睁地冲波比吼道：

"你给俺出去！"

但是波比依然勇敢地坚持要诱他过来。面对愤怒的看守人，它不惜放低身段，执意要给他看点有意思的东西。看守人禁不住它的纠缠与诱导，跟它过去了。冲那堆可怖的死老鼠只瞥了一眼，布朗先生便蹲坐在那块碑石上，惊叫着：

"老天爷呀！"

他看看波比，又瞅瞅它的战果，用自己的粗拐杖翻着死老鼠并数了数，看了看。波比恳求的目光一直锁定在他身上，站在那里专心致志地等待命运的宣判。

"好样的！好样的！是只好狗，身手不错。可惜呀，你是只狗！"

他的语气充满了惊叹，但是态度却一点儿也不明朗。波比焦急得不行，尾巴都抽搐起来。看守人紧锁眉头沉默了好一会儿才又开口讲话，说了一句有人情味的话，道出了自己的迷茫与烦恼：

"俺现在该拿你怎么办呢？"

呵，这话听起来有点对路！之前他还斩钉截铁地呵斥着要波比出去呢。又过了一会儿，他把问题移交给了"高级法院"。

"珍妮，老太婆，快出来看看吧。"

只听一阵匆匆的脚步声踏雪而来。从教堂那边走来一位小个子的农妇,脚蹬棉拖,脸蛋红润,穿衣打扮极其整洁,算是苏格兰最干净的农妇了。只见她花白的头发打理得十分平整;戴了顶亚麻帽子,一尘不染;脖子里围的细麻方巾及腿上的白色羊羔绒长袜,也都是说不出的干净利落。

"这就是俺跟你提过的那只小狗。你自己看看,它干了什么。"

"这只小狗不可能抓这么多老鼠吧!这些老鼠都敌得过它自己的体重了。"她惊叹道。

"嗯,是它干的。梗犬们通常都很有干劲。有天夜里,一只梗犬溜进了谷物交易大楼,十分钟内就咬死了六十只老鼠,最后人家拽着它的尾巴才把它拖走。俺可不知道该怎么把它拖走。"

年幼的大卫·科波菲尔[①]蓬头垢面、疲惫不堪地出现在好心的贝西姨婆面前时,迪克先生曾建议她先给大卫洗个澡。可以肯定,纯朴的珍妮·布朗女士没听说过这个典故。但是本着健康的原则,她也给出了同样明智的建议。

"杰米[②],俺得先给它好好洗个澡,它看起来跟只可怜的流浪狗一样。"说着往后拉了拉自己的蓝色短上衣,借

[①] 大卫·科波菲尔:英国小说家狄更斯的同名长篇小说的主人公。他远赴千里之外投奔他的姨婆贝西小姐,途中历尽艰辛。贝西小姐对他的突然出现感到非常吃惊,并向好友迪克先生征求意见,后者建议她先给大卫洗个澡。
[②] 杰米:詹姆斯的昵称。

机避开了波比那感恩的眼神。

布朗先生一拍大腿，连连点头。他穿着灯芯绒裤子，头发也已斑白。"你说得对，俺怎么就没想到。俺在阿盖尔郡一个大公家里做园丁助手的时候，跟仆人们一起住在狗舍附近。那是很久以前的事了。聪明的梗犬们是被放在洗衣盆里，用温水和肥皂洗澡的。过来，波比。"

看守人僵硬地站起身来，这样冷的天气里他常常会关节疼。他年轻时对狗的热情突然又回来了。另外，虽然他不愿承认，但是把"如何处置这个四条腿儿的违规者"这一关键问题暂时搁在一边，他确实感觉很放松。波比热切地跟着他回到小屋。洗澡盆被放在后门石阶平台上，波比老老实实地跳了进去。布朗先生用力地给它搓澡，而波比在肥皂水中嬉戏着，弄出了许多泡泡。听到叫它出来，它便立刻出来，顺从地被裹在一块大大的亚麻毛巾里擦干身子。对波比来说，这是一次愉快的新奇体验。以前洗澡，它都是随便在山里的小湖或小溪里游游泳，然后到石楠丛上滚一滚或是在风里跑上一会儿把自己弄干。而此时，它竟蜷在一件女式的旧法兰绒裙子里，被抱进厨房，放在了暖烘烘的炉膛前那打磨过的地板上。

"卧下去！"它听见一道生硬的指令。波比在炉膛前转了几圈，就像丛林中的野狗整理铺位的样子一样，然后才执行了命令。在两位老人读《圣经》及唱颂诗的时候，它一直很安静，这是它在农场时挨过老乔克很多脚后才学会的。它也一直与餐桌保持距离，尽管它早已饿扁。

厨房很小，却极其干净，处处闪着光。松木桌椅及碗柜擦得干干净净；炉膛里的火光映在锡制杯具、铜水壶、有柳树图案的盘子及菱形的窗户上，闪得波比都要眨眼睛了。窗台上放着一盆花，开得正好；还放着一个镀金鸟笼，里面有只叽叽喳喳的想飞走的褐色云雀。吃过早饭，布朗先生点着烟斗，戴上帽子，又要出门去了。他突然想到波比可能也要吃点什么。

"珍妮，你给它喂点啥？以前在大公家，他们给梗犬们吃的是肝、奶酪和红松鸡的蛋——好像是煎过的。"

"杰米，别乱说。狗比穷人家的孩子吃得还好，这可不行。给它喂点剩菜剩饭就行了。"

她用盘子装了一大勺稀粥、一块冷土豆、几块面包皮和吃剩下的一点儿鲱鱼，放到波比面前。这些吃的对这么小的一只小狗来说，本来算是非常丰盛的一顿早餐了，但是它在过去的四十个小时里没吃过一点儿东西，却完成了惊人的工作量，因此它吃完所有东西后依然感觉饿。它想礼貌地暗示一下这一点，于是用舌头把空盘子舔得干干净净，然后期待地抬头望着女主人；但是心肠再好的人，若不是跟狗狗们打过交道，也看不懂这样的示意动作。

"别把盘子上的花纹舔掉了。"女主人幽默地说。她拾起盘子拿去洗了，又端来了一罐水。波比喝得很欢，却不失优雅。女主人不禁赞道："杰米，这只狗真的很有教养。"

"确实。现在让咱们瞧瞧它到底有多好看。"说着，他不动声色地从工具箱里取出一把长时间没用过的坚硬的马梳，就是用来给长毛的设得兰矮种马梳毛的那种梳子。他拿它去给波比梳毛，这是波比从来没经历过的事儿。这也是一个痛苦的工程，因为它的外层被毛硬且微卷，从丰满的尾巴到毛毛的爪子都打了很多结。它硬撑着，毫无怨言地接受了这种"惩罚"。当工程完工时，它一身柔顺的被毛如瀑布般一直垂落到地板上。

"这漂亮的小不点儿，"珍妮太太赞叹道，"俺真是看不够。"

"嗯，它确实好看。要是牧师看中它，把它带回家，那就好了。"

女主人却觉得那太遗憾了。"杰米，俺想着你也不是非得——"

布朗先生没让她把话说完，就突然戴上帽子出去了。他是到高街办件紧要的差事，去买些草籽与花种，四月份要用的。他在那些密集的地下小店里，精明地寻找最划算的买卖，用了一个多小时才把几先令教堂公款花出去。当意识到自己在盯着一个有铆钉的狗项圈看时，他愤愤地骂了自己一句"老得昏头了"，就沿着大桥往回走了。

走到教堂大门口，他停下来连着读了两遍那个"狗不得入内"的告示。它好像在说，你不能那么做。对这位虔诚的看守人、训练有素的仆人来说，这就是他的第十一诫。他摇摇头，叹息一声，回去吃午饭了。波比不在房里，他竭力不去问它去哪儿了。他也有意回避妻子那满是期望的眼神，整个下午都在两座教堂内忙活。

由于他一直待在教堂里，从那些有纪念性质的彩色玻璃望不出去，因此他错过了下午三点钟后发生在墓园的一出好戏。事情自一点钟的报时炮声正式开始。波比执意要从厨房出来，上午主要是在老乔克的墓周围活动，探索探索附近的碑石、草丛等。听到报时大炮的轰鸣声后，它便大摇大摆地跑去大门口，在边门旁候着。

天气太冷，没有访客来墓园，所以大门一直没开。乐钟播过古老的全音阶的苏格兰小调后又停了，而波比依然坐在那里耐心地等待。一次，有个男人路过，停下来盯着波比看，波比一下子跳起来扒在边门上，很明显是想让他把边门的门闩打开。不过那个路人觉得波比是某位夫人遗忘在此的宠物，肯定还会回来找它，于是摸了摸这只俊俏的高地犬，径直走了。

波比觉得当天的午饭是别指望了，有点泄气，就慢腾腾地回到了老乔克的墓旁。后来它又去了两回大门口。中间为了消遣一下，它朝一只逡巡的野猫扑过去，把它赶到了墓园外。最后在旁边的碑石上坐了下去。一上午它都没有被廉租楼上的人注意到，是因为大多数窗户外面都挂着洗过的衣服，挡住了人们的视线。那些湿衣服冻住了，低楼层的衣服打在古老的墓碑上，啪啪地响。三点半时，蜡烛制造商业街底端的坎伊纽克大楼上，一张干瘦的小脸出现在其中一扇凌乱的窗前。跛腿的塔米·巴尔尖叫一声：

"艾莉，喔！喔！艾莉·林赛，小狗出现了！"

"在哪儿？"商业街地势最高处的蜡烛行业会馆大楼上，小姑娘那机灵的小脸从低楼层的一扇后窗边探出来问道。

"在围墙边的石头上。"

"俺看见了。它真好看！它要是能在那儿等着咱们就好了，不过教堂里的人不允许它待在那儿。塔米，你要是把它送到特雷尔先生的店里，他会赏你一个先令的。"

"俺一个人弄不来，"他可怜巴巴地说道，"你愿意和俺一起吗，艾莉？你跳进墓园抓住它，俺去大门口接应。俺爸用旧椅子背给俺改造了一双拐杖。"

小姑娘蓝色的眼睛里突然噙满了泪水，泪水顺着她那清瘦的面颊滚落。"俺没办法出去。俺没有鞋子穿。"

"外面不是太冷。俺要是脚上没残疾的话,这点路不穿鞋俺也能走。"

"俺知道外面不怎么冷,"艾莉答道,"一个女孩子,要是光脚去那么好的地方,太不成体统了。"

这句话说得不容辩驳。两个热情的孩子都流起泪来不说话了。穷人有穷人的办法,只要有需要!艾莉突然叫了一声"塔米,等俺一会儿",就消失了。很快她又回到窗边,难题也解决了。"奶奶让俺穿她的鞋子,她在室内不用穿鞋也行。"

"俺会分给你六便士的,艾莉。"塔米提议说。

对这些廉租楼里的孩子们来说,这种利益的分割绝不会伤害到彼此的情谊,也无损于蕴藏在冒险里的快乐。拐杖嚅——嚅——嚅——的声音很快便出现在坎伊纽克大楼前面那厚重的廊台上,接着又从廊台的楼梯下到了陡峭而弯曲的蜡烛制造商业街。小姑娘熟练地裹了一块烂掉的旧披肩在衣衫单薄的肩上,从窗户爬出去,攀到挡住窗户的一座古典墓碑的山形碑顶上,从那里跳进了墓园里。令她吃惊的是,波比跑到她身边,拼命地摇尾巴,然后引她跑到了大门口。等他们到餐厅大门口的台阶上时,她紧紧抱起波比,不让它挣脱,等着塔米追上来。

当这个躁动的小分队突然闯进餐厅时，着实让店主吃了一惊：小狗兴奋地乱叫，飞奔过来的小姑娘一双大鞋咔嗒咔嗒响，还有拄着双拐的小塔米。他们差点撞到正忙着点钱的店主。

"你们在哪儿找到它的？"特雷尔先生迷惑不解地问道。

六岁的艾莉害羞地咬着小手指，朝看起来成熟很多的五岁的跛脚男孩望过去，指望他来回答这个问题。

"它在墓园里。"

"独自坐在一块大石头上。"艾莉补充道。

"没有躲藏，它看起来就像是在那里住着似的。"

"并且，当俺从窗户跳下去的时候，它欢快地迎接俺，然后往大门跑去，俺都追不上它呢。"

奇迹中的奇迹！很明显，波比想办法从山里的农场跑回来了。而且从它的仪容仪态及两人的表述来看，它的运数也明显发生了可喜的变化。它蹲坐着，认真地听大家说话，同时竟吐着长舌头！自从主人逝世以后，它这还是头一次做这个动作。听到他们的谈话刚有个空当，它便立起身子讨食吃。

"我该付多少钱来着？一、二、三，你们三个一起来的。给小伙子六便士，给小姑娘六便士，给波比吃顿饭。"

当他把餐盘放在那张长椅下时，特雷尔先生听到了悄悄的惊叹声："他给狗吃鸡骨头！"店主不顾波比的反对，把盘子从它嘴边端走，转身迎上饥肠辘辘的孩子们那艳羡的眼神。在这两个衣衫褴褛的孩子面前，给小狗吃的是鸡肉，千真万确。特雷尔先生想到了一个极妙的主意。

"上帝饶恕！我不想一个人吃饭。东西太多了，我一个人吃不完。"

塔米一听到"东西太多了"这种话，觉得太不可思议，不由得笑得更大声了，差点跌一跤。特雷尔先生把他扶正了。

"孩子们，你们去野餐过吗？""什么是野餐？"塔米坦白说自己对野餐一点儿概念也没有。

"野餐就是夏天时去郊游，"特雷尔先生解释道，"找一处美丽的山坡，在开满花的山楂树下、在潺潺流淌的小溪旁坐下来，用手拿着东西吃。同时可以欣赏画眉、知更鸟的歌唱，还有俊俏的乌鸫的鸣叫。"

"能带着小狗一起去吗？"塔米问道。

"可以啊，小男子汉。要是没有一只俊俏的小狗跟你一起漫山遍野地跑，也算不上什么野餐了。"

"哦！"艾莉的一对蓝眼睛睁得更大了，"不过，下雪天不能去野餐吧？"

"当然也可以。最美好的事都是你意料之外的事。我在楼上的壁炉边藏了一顿野餐。"他突然把塔米扛在肩上，愉快地叫了一声"跟我来",就走到门外,从旁边的另一扇门进去,爬了一段楼梯来到了楼上餐厅。壁炉里燃着火,餐桌上铺着亚麻桌布,前面的一排窗台上摆放着盛开的鲜花。一到晚上,大学的董事们、南面和东面富裕街区的客人们喜欢到楼上餐厅就餐,把这里当成是俱乐部一样。而现在是下午四点钟,所以一个客人也没有。

"听着,"等喜出望外的小客人们在炉边的餐桌上就座后,特雷尔先生说道,"野餐就是你想吃什么就能吃得到;自己想吃哪些平日里吃不到的好东西,你们说一说吧。"他摇了摇点餐的铃铛,一位微笑的服务生立马就出现在眼前,惊得小姑娘都屏住了呼吸。

"有足够俺们吃的肉汤。"塔米说道。

"没有烧煳的稀饭。"艾莉说道。也太缺乏想象力了!

"不。今天我们吃加黄油的面包、草莓果酱、加奶油的糖水和雪天野餐吃的冷鸡肉。"特雷尔先生宣布道。很快,这些东西就像变魔法似的都默默上齐了。波比不得不站在椅子上跟大家一起吃饭。吃好后,它坐了下来,饶有兴趣地观察着这一小伙儿人,非常愉快。

"塔米,"艾莉不再害羞,开口说道,"这很像你讲的那些美妙的故事。"

"上帝保佑!你这个小家伙还会编故事?"

"都是些很蠢的事儿，比方说有很多东西吃啦，有一只漂亮的小狗啦，或是有两条正常的腿可以到处走走啊。俺夜里睡不着时乱想的。"

"哦，小伙子，"特雷尔先生内心无比同情，双眼溢满了泪水，"你知道你几岁了吗？"

"五岁，马上六岁。"

"是吗？我以为你是五十岁，快六十岁了。"笑声让大家没那么伤感了。过了一会儿，特雷尔先生才能认真地继续说话。

"我们得把你送到医院去看看，要是他们治不好你的腿，你将会得到一副非常好看的拐杖，跟正常的腿一样好用。另外，我们要去问问，赫里奥特收不收你这样一位住在陈旧的坎伊纽克大楼里、会在小黑屋里编好故事的小伙子。"

愉快的宴会结束时，天色已有几分暗淡。特雷尔先生如果侥幸以为波比已将伤痛忘记，或许会愿意留下跟随他，那么他真是要失望了。波比开始变得有些急躁。它跑到门口又跑回来，继而挠起了门板，最后大叫起来！门刚一打开，它便冲了出去，从楼梯飞奔而下，不耐烦地等在楼下的门口。等波比冲到教堂门口时，飞毛腿艾莉远远地落在了后面。

塔米拄着蹩脚的拐杖以相当快的速度跟在艾莉后面，而特雷尔先生则走在最后面。如果孩子们没能把疯狂的小狗偷偷弄进墓园，他打算亲自把波比放进去。要是有必要，他会跟看守人好好理论一番，然后向教堂的牧师及官员们陈情。他还没走到大门口，就听见布朗先生在厉声地责备受惊的孩子们：

"把狗还给俺。以后没有俺的允许，不能再把它抱出去。"

孩子们跑走了。特雷尔先生站在猎人书屋前，瞥见了看守人把波比从边门外拎进门，然后抱着它回屋了。布朗先生的态度竟发生了如此惊人的转变，他真的很好奇。不过看情形他也不好去打扰，于是慢慢地往餐厅走回去，心里对幸运的看守人很是妒忌。

不过他妒忌得有点早了。布朗先生把波比放在厨房里，对妻子简单地说了一句"狗今晚在屋子里睡"，就到教堂地势较高那头去忙活了。等他一小时后回来时，波比已不在屋里。

"杰米，俺留不住它。它没有叫唤，却哭着要俺把它放出去，把门上的漆都抓掉了。"

布朗先生怒气冲冲地瞪着妻子吼道："老太婆，俺违反规定，他们会把俺提上教堂例会处理的，到时候我们可都得被赶到外面的冰天雪地去。"

他甩上门，生气地去教堂周围找波比了。借着天光，

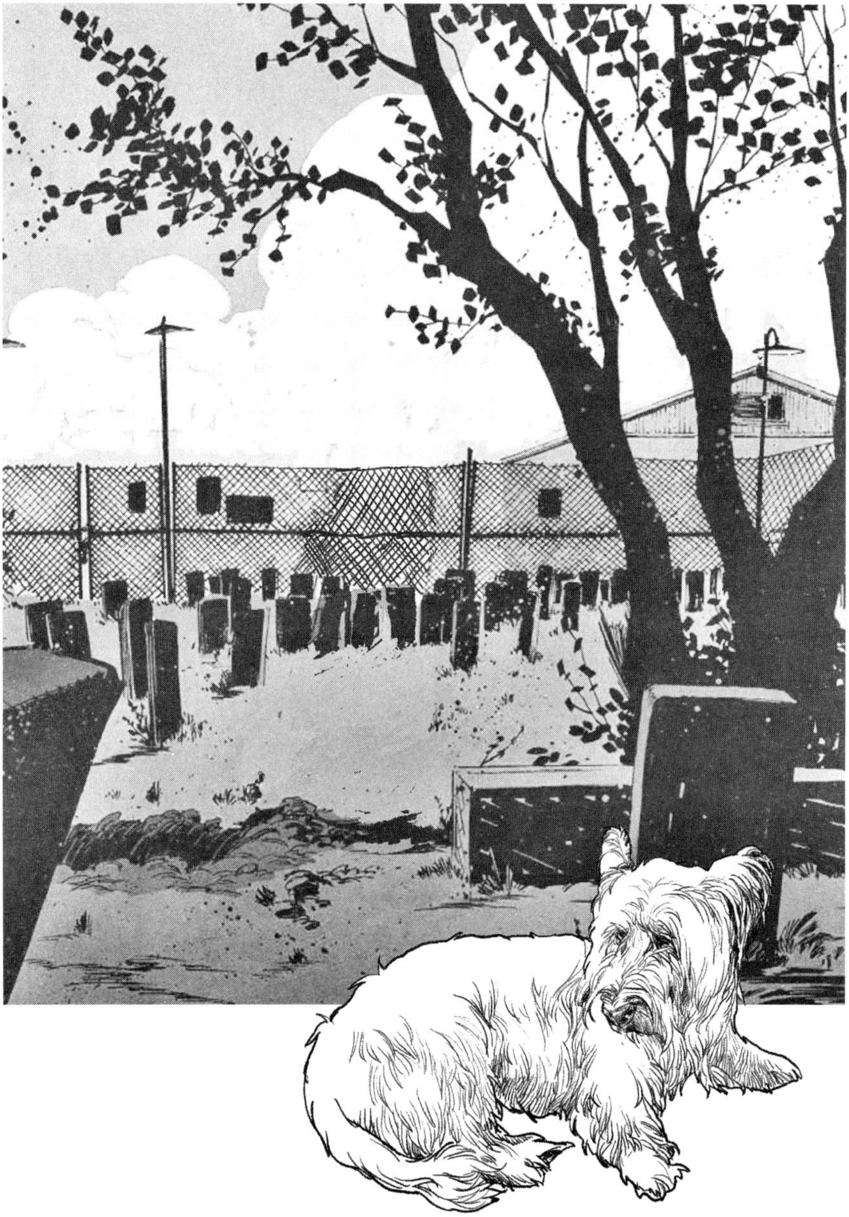

还能清楚地看见波比趴在被雪覆盖的坟头上。它起身友好地摇摇尾巴。此情此景下，看守人的怒气顿时消散，他跟小狗商量起来：

"离开吧，波比。你不能待在墓园里。"

可是波比却不愿意。它转了一圈又一圈，若有所思，然后在坟头上坐下来。它是很乐意跟这位新朋友聊上一个小时的，于是热情地注视着他。布朗先生坐到那块碑石上，点上烟斗吸了会儿，极力平复内心的躁动。过了一会儿，他噌地站起来，俯下身想把波比拎起来。一看到他这样，波比使劲地把爪子嵌入土中，使出浑身的力气顽强地抵抗。它是如此拼命地紧紧抓着坟头不放，神情又是那么可怜，看守人终于放弃了。珍妮太太，那么爱干净的一个人，此刻却跪在了雪地上。

"可怜的波比，可怜的小波比！"她哭着说，眼泪落在了波比那蓬乱的小脑袋上。看守人突然大步离开了，走到老教堂附近时，停下来等妻子。波比仰起头，舔了舔抚摸自己的那只手，然后舒服地蜷缩在坟头安然入睡。

第七章　刺激的郊游

在爱丁堡，古老的格雷弗莱尔教堂是夏天来得最早、花开得最为繁盛的地方。教堂的北面和东面虽有遮蔽，却恰好不受任何阻挡地享受到湿润的西南风。在渐长的午后时光里，太阳的光芒铺满了教堂内的土坡，并洋溢在矗立的廉租大楼的后窗上。五月底前，看守人一直都会忙于修整园内的植物。墓园绿草如茵、繁花似锦，然而藤蔓过盛会影响到坟墓间的通道，杂草乱生则会蚕食花的生存空间。

半个世纪以前，还没有出现旋刀式剪草机来修剪三叶草。即使有，恐怕也无法在这阶梯式的坡上使用，上面有太多石碑、太多长满草的坟头，以及太多种满一年生早开花植物的椭圆形花坛。布朗先生不得不跪着，亲手拿着大剪刀到边缘处或堤上剪草，或用镰刀在丘上割草。只有这样，看见蒲公英，他才能把蒲公英用常别在腰间的泥铲连根挖起；遇到蔓延着的番红花及野百合，他可以考虑考虑是否把它们留下来；若是野生的紫罗兰，则可以留着让它们尽情开花；而他总会留着牛蒡丛，直到巢中的幼鸟可以展翅高飞。

花香四溢的上午，珍妮太太常常会拿着一个小小的旧挤奶凳，在狭窄的过道上坐下来，搞点编织或是做做针线，顺便在一些小事情上给丈夫提提建议。波比则安静地四处漫步，尽情地用鼻子嗅嗅这闻闻那，脑袋机警地歪向一边。它主要是要守护云雀、斑鸠、知更鸟及鸫鹩的巢。这些笨鸟把巢建得非常低，通常建在丁香花、旱金莲或其他繁盛的花丛中，以及墙壁或墓碑顶上的裂缝中。这只年幼的小狗真是开心，充满了活力，看一切都是美好的。有了它，这古老的墓园与小鸟的吟唱变得和谐起来。只要听到鸟或其幼雏叫唤一声，这个乱蓬蓬的"小警察"便会立刻回应。觅食者被赶跑了，有时是只潜藏的野猫，沿着墓碑和墙壁慌忙逃窜。

完成任务后，波比便会不动声色地躺下来晒太阳或是回到老乔克的墓上。霜冻一

过，疯长的青草马上包裹了它所钟爱的这座坟包，坟头上还长出了一丛好看的荆棘。接着在大自然的孕育下，紫罗兰、毛茛、野菊花、三叶草在坟上面纷纷开放，再后来还开过几穗洋地黄及一丛石楠花。知更鸟与鹟鹩在波比周边觅食，毫无惧色；从炫目的老虎窗及山形墙上的泥巢里飞下来的燕子们惊飞了它鼻口上的蝇子；而一大群蓝色的小山雀就在头顶上飞来飞去，流连在冬青、月桂与刚结果的冷杉、紫杉之间。

边门打开的声音是另一种警报。一听到开门声，波比就立刻钻到那个坍塌的墓碑底下，一直藏到来访者出去为

止。波比又被强行带回过彭特兰高地的农场两次，每次都天才般地逃回来。除此之外，波比已在教堂墓园安稳地生活了六个月。看守人没再动过把它赶出去的心思，同时也不敢跟牧师及教堂的高管们请求把它留下来。知道小狗存在的人，只有特雷尔先生、廉租楼上的一些住户及赫里奥特的男孩子们。波比的生活颇具隐秘性，但十分规律，固定的时间做固定的事，就跟城堡上的卫戍部队一样井然有序。报时大炮一响，波比就被放出墓园去特雷尔先生那里吃中饭，它也会在周遭跑一跑，叫一叫，既练肺活量也练腿儿。每周三，它都会流连于格拉斯集市，用鼻子探究马匹、车辆及沾满泥巴的鞋靴。爱丁堡有太多毛茸茸的斯凯梗犬及其他梗犬，多一只并不会引起谁的注意。波比可以一直玩到想回教堂才回去。晚上它一般会在小屋的厨房门口吃上一顿稀饭加清汤或是一顿奶，夜里还是睡在老乔克的墓上。早晨听到鼓声及军号后，它便醒来开始追逐嬉戏，其余的时间则紧紧跟着看守人参与他的劳作。只要边门咔嗒一响，它便会立刻消失。

然而，若是有从赫里奥特医院的操场上翻墙而过的声音，或是赤脚走在石子路上的声音，则是该出来迎接朋友的信号了。波比总是热情地接待来自廉租楼的那些穷孩子们。此刻，一听到塔米·巴尔挂着拐杖嘚嘚嘚的走路声，它便蹦蹦跳跳地跑到山坡上迎接，然后跟着这个跛脚男孩的步调又跟他一起走下来。塔米选了一个草堆当龙椅，自己加冕扮起了国王，把一根崭新的拐杖当权杖，把波比当成朝臣。在"国王"的命令下，波比表演了连续打滚、乞食、直立行走等绝活儿，甚至允许那双瘦骨嶙峋的小手臂热情地抱着自己，紧得喘不过来气儿。后来它友好地摇摇尾巴，吐吐舌头，便跑走忙别的事了。塔米从口袋里掏出一块燕麦饼，一边啃着，一边跟珍妮太太聊起天来。

"俺带了吃的来野餐。"

"是吗？你是从哪儿学来吃野餐的？"

"特雷尔先生教给艾莉和我的。墓园太适合来野餐了。医院里的人治不好俺的腿了，不过俺就要到赫里奥特去上学了。俺将来要靠脑袋吃饭，不能总惦记自己跛脚这件事。这只小狗真是漂亮，不是吗？"

"当然，它很漂亮。你也是个棒小伙，不会为改变不了的事情烦恼。"

她拿起塔米的旧外罩补起来。上面有个洞太大，没法补，她就没再补，顺便往衣服口袋里填了一枚半便士的硬币。慢慢地，这个脸色苍白的小伙子竟在沐浴着阳光的坟墓间睡着了。

大门响了一下，不过并不是有人要进来。"警报"解除后，她又问起问过很多次的问题来：

"杰米，要是牧师知道了波比这件事，说你违反规定，把你告上教堂例会，那该怎么办啊？"

"船到桥头自然直，老太婆。"他总是这么回答，心中却满是疑虑。大家都知道，等事情到了跟前，多么糟糕的情形都可能会出现。不过特雷尔先生身为老教堂的委员，是参与了这件事的。布朗先生觉得此事很大程度上仰仗他的足智多谋和伶牙俐齿。而另一方面，他觉得波比如此能干，又极有教养，或许这可以成为留下它的理由。

"不可否认，这只小狗有自己的迷人之处。有那么好的两个家供它选择，可这只任性的小东西却偏偏有自己的主意。况且，它真是很能干，又总是憋着不叫唤。"他经常以这些理由来说服自己。

尽管他们万般小心，可这事随时可能被发现。墓园形状狭长，地势逐级升高，几乎为低矮的两座教堂所截断，因此在墓园这端发生的事情那端却看不到。这周六下午，赫里奥特的男孩们有半天假。放学以后，布朗先生一直盯着他们，直到那些住在校外的孩子们四散而去。珍妮太太把针线收好别在腰上，起身回屋做中饭，而看守人则往蜡烛制造商业街那端去修剪烈士纪念碑周边的花草，波比忠于职守地紧随其后。他们才刚离开，五六个小男孩就在乔迪·罗斯与桑迪·麦格雷戈的带领下,从赫里奥特的操场边翻墙进入了墓园。他们来是要办一件正当的差事,不过充满英雄主义色彩的少年们是不会直接就去办事的。

"嘘!"伴随着这一声提醒,这群天真的闯入者,带着一种逍遥法外的快乐感觉,悄悄逼近那座华丽的大理石墓,估计里面躺着的"血腥的麦肯齐"也为这审判日的到来而惴惴不安。无心的少年们白日里敢做一些大胆的事情,而在黑漆漆的暴风雨之夜想来便觉得胆战心惊。此刻,乔迪正一脸轻松地爬到这个迫害狂的墓顶坐下,跷起二郎腿儿,假装点上烟袋,并把自己口袋里的三枚法寻弄得叮当直响。

"俺是'基尼叮当响的赫里奥特',"他大声说道,"请看一个骄傲的金匠曾经是怎样跟国王一起吸烟的。"

然后又笑嘻嘻地说:"桑迪,去敲敲'血腥的麦肯齐'的门,问问那个老魔头敢不敢出来。"

桑迪真的敲了敲,吓得小伙伴们凝神屏息。不过并没发生什么事,去打破五月午后的宁静。只有一只云雀,在他们脚边跳了起来,吟唱着冲入了蔚蓝的天空。过了一会儿,桑迪学着画眉叫了一声,想吸引波比的注意。

墓园里并没有乌鸫,波比懂得这个信号。它立刻蹦蹦跳跳地跑上去,又兴奋地绕着墓园乱跑。它曾跟着赫里奥特的男孩子们有过好多次冒险：冬天去达丁斯顿湖上溜冰、打冰球，夏天则穿越旷野一直走到利斯港。这群小伙子们溜着墙根悄悄走到大门口，把边门打开又关上，想让看守人知道，他们是"规规矩矩"地进来的。然后跑到看守人面前，礼貌而谦恭地询问，下午是否可以带波比出去玩。他们要去采些野花，在"创始人之日"去装点校内"基尼叮当响"的创始人的肖像画、雕塑及墓地。

布朗先生怒目而视，瞪得他们开始用手肘互相轻轻推搡起来。"周六它不能出去。它得为安息日好好梳洗梳洗。看看你们，一个个也该好好洗洗澡了。"

"晚上我们给它梳洗行吗？"他们热切地主动请缨。

"嗯，报时大炮还没响，它还得吃午饭呀。"

孩子们说他们自己也都还没吃午饭。布朗先生对他们的坚持很是烦恼，又刚好说到午饭的事，于是跟他们说：

"你们知道，它不是俺的狗。你们得跑去问问特雷尔先生。他对这只不中用的小狗着迷得很。"

孩子们把这当成了默许。看着波比跟他们一起朝大门口跑去了，布朗先生冲他们喊道："别等到天黑的军号响过了才带它回来，也别教它做啥出格的事儿，否则俺打断你们的腿。"

两点钟孩子们又来到特雷尔先生的店门口时，穿着短袖、系着围裙的特雷尔先生正和波比一起站在门廊处，波比嘴里叼着一根小羊腿儿。

"波比得先去把这根羊骨头藏好。安息日里教堂对波比来说太枯燥乏味了，有根骨头啃可以解解闷儿。"

看着这群小孩子与小狗一起沿着商业街朝格拉斯集市方向奔去，开启了郊游模式，店主羡慕地长叹一声。他往东面大学的一众塔楼方向远眺，极力搜寻着塔楼后隐现的亚瑟宝座山①那苍翠的宝顶。有些时候，体内跃动的那颗少年心也会厌倦世俗的纷纷扰扰。

孩子们从空旷的集市径直跑出去，穿过皇家马厩路上那段弯弯曲曲、景色迷人的赛马道，沿着城堡山山脚下一排雅致的手工艺小店一路向北。之后往西拐进昆斯伯里路，走上几分钟，便来到一片乡野之地。在那个年代的爱丁堡，生龙活虎的男孩子们每一次冒险几乎都是在北面的王子大道花园这座山谷公园里，从挑战攀登城堡山山岩开始的。

一句"你敢爬上去吗？"，足以激起每个小伙伴攀上绝壁的斗志。他们凭借能抓住的每一棵树，每一处壁架，每一条裂缝，每一块凸起的岩石，每一丛牢固的榛子枝、荆棘秧丛及金雀花丛，吃力地往上爬。在山脚与崖顶森严的壁垒之间，他们往上爬到有四分之一至三分之一高度时，

---

① 亚瑟宝座山：一座约3.5亿年历史的死火山，登顶可以一览爱丁堡整个城市的景色。

便小心翼翼地折回。波比能爬得更高一些，却非常危险地滚了下来，四仰八叉地倒在了开满野菊花的草地上。它立刻爬起来站好，嗷嗷叫了一通以示不满。然后假装东嗅嗅西闻闻，以忙碌来掩饰这尴尬的局面。据说有年轻人爬上过这陡峭的悬崖，摸到了上面的壁垒，不过大家都不相信，乔迪也说那些都是骗人的。

"爬上去又爬下来，不摔破脑袋才怪哩。波比不是一般的狗，就跟野狐狸似的，连它都爬不上去。同志们，我们是巴拉克拉瓦战役①中的轻骑兵，冲啊！"

那时，克里米亚战争刚刚结束。城堡上鼓声嘹亮、号角震天，从塞瓦斯托波尔回来的英雄们受到了热烈的欢迎，也燃起了爱丁堡青年们心中的热情。这支小队伍，在轰隆的炮声里，"他们不问原因②"，风一般冲出了昆斯伯里路，一路直下，肩并肩跑到了迷人的利斯河边。

利斯河发源于彭特兰高地，最终汇入大海，流程并不长。当时只是一条蜿蜒在谷底的小溪流，水里泛着许多泡沫，河边分布着几座磨坊。流经苏格兰低地时，两岸悬崖峭壁由于日照充分，因此植被葱茏，繁花似锦。鸟的吟唱与溪

---

① 巴拉克拉瓦战役：克里米亚战争中的一次战役，发生在1854年10月，英法轻骑兵进攻俄罗斯海军主要基地塞瓦斯托波尔。
② "他们不问原因"：出自英国著名诗人丁尼生描写克里米亚战争的一首诗，诗名为《轻骑兵的冲锋》。

水的叮咚溢满山谷。

孩子们只要沿着这道峡谷上去，年年都能找到足够的野花去纪念"基尼叮当响"。但是只有跟着潺潺的棕色流水，朝着大海的方向去探索，他们才能体味到冒险的乐趣。若岸边水浅，他们便蹚着水走；若岸边是金色沙滩，他们便踩着沙滩走；若是河边不能走，他们便攀着石头，沿着滴水的岩架找路走。波比不放过任何可以游泳的机会。它能像水獭那样游泳，只是不能像松鼠或狐狸那样飞檐走壁。在迪恩村附近的杯状山谷中，有一处小水坝。波比被冲下堤坝，在水涡中连连被打翻，差点被淹死。等它刚喘过气来，恢复了方向感，便疯了似的扑腾着朝岸边游去。它甩去眼睛和耳朵里的泡沫，嗷嗷叫起来，为自己的莽撞落水甚为生气。一位浑身白花花的磨坊主，站在灰墙红顶的磨坊门口大笑。孩子们则赶紧穿过那些像是故事书里出来的农舍及美丽的小院，急忙赶过来。

"俺愿意出十个先令买下这只生猛的小狗。"在大转轮的咔嗒声与水坝的哗哗声里，磨坊主大声说道。

"它不是我们的狗，"乔迪回答道，"它是不会淹死的。它脑子很灵的，估计以后再也不会做这种傻事了。"

的确，波比很有记性，它从来不在一件事上吃两次亏。路过西尔弗磨坊与坎农磨坊附近的水坝时，它便特别小心地绕着走。峡谷在小河入海那一段变得开阔起来,孩子们爬上了利斯河步道,沿着步道一直跑到了港口。福斯港是个奇妙的地方,停泊着许多船只。每个孩子都选了一艘船准备去探险。

"我要去挪威!"

乔迪嗤笑道:"哼,就凭你这个胆小的猫咪!湿湿脚就害怕了。我要去当海盗。跟我下去。"

孩子们跟着首领沿着海岸走去,发现了一艘极难闻的废弃的渔船,登了上去。他们还在船上升起一件破烂的衣服当海盗旗,不过开着一艘不会动的船很快就变得没意思了。

"从现在开始,我要当鲁宾孙·克鲁索[①]。上帝保佑!但愿沙滩上别出现人的脚印!波比是我的仆人星期五。"

他们往南边跑去,在一个高尔夫球场找到了一个洞,把这个洞当成是荒岛漂流者的住所,很快又把它改造成沉船肇事者的巢穴,之后又改造成契约派成员逃避宗教迫害的避难所。孩子们的脑子里各种冒险的想法源源不断地冒出来,因为他们生活在爱丁堡这个有着传奇历史、山岭起伏的城市,这个军人驻扎与海盗出没的城市。他们五分钟

[①] 鲁宾孙·克鲁索:英国作家丹尼尔·笛福的小说《鲁宾孙漂流记》的主人公。作品主要讲述鲁宾孙因沉船只身在孤岛求生的故事。其中一章,他在海岸边发现了人的脚印,是食人族留下的。后来他战胜了食人族,并解救了一个野人,为其取名星期五。星期五成了他忠实的仆人和知心的朋友。

第七章 刺激的郊游

便会换一种玩法,而波比全都参与进去。波比真是幸运,阳光明媚的下午,跟着这几个快乐的小家伙一起在辽阔的原野上游玩。

孩子们也是幸运的,有这么一只快乐而顽皮的小狗跟着!他们跑上一里,波比能跑上五里。它总是绕着大圈,又叫又跳,一会儿追蝴蝶,一会儿追麻鹬。它往右跑到了废弃的荷里路德宫那哥特式的大门口,冲着身着红色军大衣的岗哨一通狂叫;往左竟远远地跑到了皮尔斯山上的军营,扰乱了骑兵团正在操练的马匹。在达丁斯顿湖那明镜般的蓝色湖水中,它赶到前头游出水面,冲散了一群在水中漫游的天鹅。

孩子们玩累了,在亚瑟宝座山向阳那面的榛子丛里快乐地躺下来,而乔迪则在秘密进行一项冒险计划。波比在法庭上被指控为蓄意煽动民众的契约派牧师,必须向英格兰国王及教堂宣誓效忠,否则将被拉到格拉斯集市上绞死。要宣读的誓言已在纸上写好,并涂了一层羊脂让它更美味。波比津津有味地舔掉那层油脂后,把纸放在两排尖利的小牙之间,愉快地把它撕成了一条一条。撕好以后,大声地叫起来,表示对法庭的激烈抗议。其他孩子们都跑过来,笑着滚下了山坡,为这个小英雄连连喝彩。桑迪说道:

"谁能想到,这么好看的小狗,竟然一直住在又古老又阴森的墓园里。"

波比对这座街道布局呈鱼骨形的老城颇为了解，它领着路从城市南郊往家的方向走去。拐入向北延伸的尼科尔森路后，又途经大学及古老的救济院。那个年代，要从东面进入格雷弗莱尔教堂地区，必须先下到牛门街再爬上来。波比冲下去，进入了第一条窄巷中。

突然它打起转来，心中十分迷惘。之后飞速地冲进一道有雕饰的门廊，来到了一处庭院的天井，爬上了一段石头楼梯。头顶猛的一声关门声惊得它停住脚步，站在楼梯平台上，然后慢慢地下楼。它站在过道上，全身颤抖。这里曾停着一口长长的松木棺材。对它来说，那该是何等悲伤的回忆啊，那感受该有多痛苦啊！

"小狗怎么了？"连无心的孩子们都觉察到了什么，"波比，走吧！"

它倒是听话地走了。它走在窄巷的中间，垂着头，尾巴也耷拉得很低，毫不理会地卷入了牛门街周六傍晚的人潮中。它不愿意跟大家一起从圣玛格达伦教堂与大桥东面栏杆之间的斜坡上去，而是坚持从中间的大桥洞下走过去进入了格拉斯集市，又经蜡烛制造商业街回到了墓园门口。边门打开后，它立刻消失在教堂后面。看到波比不跟自己搭话，布朗先生抱怨着跟了过去。小狗顺从地让他为自己

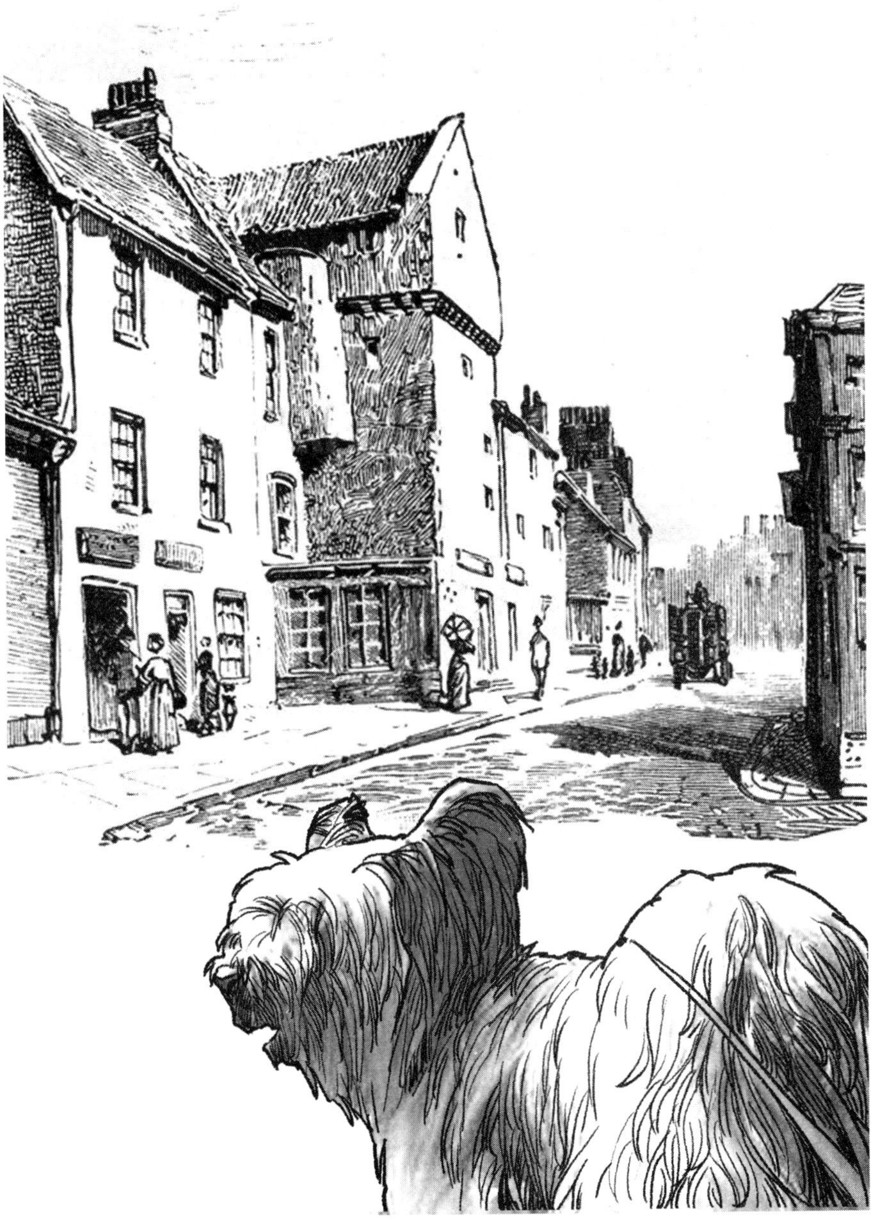

洗澡和梳毛，却拒绝吃晚饭。它看都没看，连尾巴也没摇一下，就又不见了。

"你们到底对它做什么了？它跟以前一点儿都不一样了。"

他们真的什么都没对它做，只知道从大学附近那条窄巷开始，直至到家，这段路上它的表现很奇怪。凭着女人那缜密的心思，珍妮太太心领神会地点了点头。

"哦，杰米，六个月前它的主人就是在那儿去世的吧。"说完，她别起针线走下坡去，挨着默哀的小狗坐在了老乔克的坟头上。

小伙伴们很是吃惊，于是问事情的来由。布朗先生摇摇头说："你们去问特雷尔先生吧，他什么都知道，也很会讲故事。"

他们离开前，来到老乔克坟前，拍了拍波比的脑袋，怀着心事各自回家了。

到了第二天上午，波比依然非常悲伤。那天是加尔文宗安息日，听不到马车的吱嘎声，也没有小贩叫卖声。城堡沐浴在金色的阳光里，直插云霄。廉租楼的租户们睡好懒觉，才悄无声息地活动起来。孩子们脸洗得特别干净，都跑到楼道里或楼梯上读《教理问答》。只有鸟儿们不知是第七日，依然歌唱着，到处忙碌着；而花儿们也都迎着

第七章 刺激的郊游

阳光绽放。

上午十点左右,这种温馨的静谧被突然响起的刺耳钟声给打破了。爱丁堡那些在路上的人不得不捂上耳朵。从利斯港到伯勒缪尔,一路上足足有一百六十口战时用钟竞相争鸣。唯独格雷弗莱尔教堂在这喧嚣中保持沉默,因为这里的钟楼之前已毁于炸药爆炸。喧闹的钟声过后,传来了军乐声。城堡的大门大开,从中走出一支身着苏格兰短裙的军乐队,演奏着《天佑女王》,沿着高街行进。波比心情好的时候,一听到这支进行曲,便会手舞足蹈。天气不错的上午,看守人和他的妻子也总是会从教堂走出来,观看身着盛装的士兵向教堂行进的壮观场面。

那些熟悉的相处起来很舒服的好朋友们,在安息日都穿上了黑色衣服,表情严肃。小波比一定会觉得有点奇怪。安息日对这只小狗来说,真是无聊至极!从最早的访客一进门,它便感觉到了无趣。听到门响,它就不得不躲在那块坍塌的碑石下,啃啃骨头安慰自己——幸好,特雷尔先生从来不会忘记在安息日给它多准备一根骨头。上下午礼拜仪式之间,除了中午回小屋吃饭那一小时的时间,它一整天都要趴在碑石下面。餐厅也关门了,没什么别的地方可去。如果在冬天,天黑得早,它倒可以早点出来,在静谧而荒凉的墓园里四处走走。

一到春天，番红花刚刚冒出绿芽，人们便喜欢到墓园闲逛。看着古老的墓地焕发新生，有种复兴的特别意味。到了仲夏时节，远方的游客甚至是海外游客纷至沓来，去读古老而雅致的碑文，为诗人或宗教英烈们献花。这样的日子里，波比直到很晚才能从逼仄的躲藏地儿出来，活动一下被挤得酸疼的腿儿。那时孩子们也会从低矮的窗户跳进来，在渐晚的夜色里吃吃燕麦饼——他们的晚餐。

五月最后一个周日，特雷尔先生离开墓园时天色还早，他在墓园门口停了下来。格雷弗莱尔老教堂的牧师李博士本来走在他身后，此时却不见了踪影。他心里想着，这种时候波比很容易露馅儿，于是又返回了墓园。牧师在那块倒下的碑石上坐着，高高的丝质帽子摘了下来。布朗先生也脱了帽在旁边站着，一脸苦相。而波比则焦急地仰头望着这位能决定它命运的新面孔。

"布朗先生，你觉得把一只小狗留在教堂墓园里合适吗？"牧师语气和缓地询问了一句。而看守人知道自己犯了错，听了这句和善的话也倍感不安。然而，他并未感到良心不安，且苏格兰人那种坚定的自我意识也起了作用。

"要不是这只小狗整日憋着不吭声，留在墓园里，这里的野猫不知道该有多少了。"

牧师抬手反驳道："今天安息日，我连一只猫都没看见，

第七章 刺激的郊游

布朗先生。"

"只要有这只狗在,你是看不到猫的。从玛丽女王以来,老鼠们纷纷逃窜这还是头一次。这里的鸟也比以前多多了。"

特雷尔先生先是没露面地听着,这时走了出来。看守人本担心自己招架不住,这下放宽心了。特雷尔先生用苏格兰方言华丽地开场:

"博士,我想问您一个问题。是留下这只有教养的小狗看园子,还是赶它走让墓园重新变得乱糟糟,您会怎么选?"

"哈,特雷尔先生,你这个大不敬、让人不爽的家伙,"牧师亲切地大笑着说,"伙计,我跟布朗先生正开玩笑呢,让你搅和了。布朗先生做工是很用心的。"他坐在那里,俯视着波比,直到波比走上前去,信任地让他抚摸起来。他又说道:"几个月来,我一直怀疑有这么一只小狗。那么活泼爱叫的斯凯梗犬竟能如此安静,真是太不一般了。"

布朗先生退到烈士纪念碑旁,好好回味着这位牧师兼大学圣经批判学教授的一言一行——牧师今日的表现与他的身份太不吻合了!特雷尔先生则自主坐在了碑石上,想好好地跟牧师谈谈心。这位牧师因为在教堂礼拜方面的革新思想而颇受争议。

"我第一次听说波比还是初冬的时候,从牛门街医疗小分队一位诵经人那里听来的。那位诵经人目睹了小狗主人下葬的过程。他在工作中见过许多离奇而悲伤的事，但是最令他震惊的是看到一位虔诚的牧羊老人孤独地死在了富丽堂皇却肮脏不堪的格子间里。"

"哦，他是冒着大雨从我店里离开的，病得不轻。我一直不知道老人是在哪里去世的。"

牧师看着特雷尔先生，为他语气里深深的悔意而吃惊。

"波比不愿跟那个诵经者走，执意留在墓园。后来那个诵经人又回来找过波比，断定它已跟了新的主人并离开了墓园，多数狗早晚都会这样。几周后，山区一个小教堂的牧师曾来问过它，坚持说它还在这儿。就在上周开大会时，我又从几个途径听说了关于这只高地犬的事。它几次三番从养羊场逃回来，这几乎让它变成彭特兰高地的'奥德赛[①]'了。在我看来，要不是因为你一直给它吃的，它或许就会待在以前的家里了。"

"不，我可不这么想。我也不愿意让这只忠诚漂亮的高地犬忍饥挨饿。"

特雷尔先生讲这件事情，一直讲到星星都出来了。波比一听到他们提及主人的名字，便回到主人的坟头上，展

[①] 奥德赛：出自古希腊诗人荷马的叙事史诗《奥德赛》。诗歌讲述了希腊军队主要将领之一、伊塔卡王奥德修斯在战争结束之后，历经十年漂泊返回家园的故事。

开四肢趴在了上面。"李博士,我会去找教堂的官员们,承担起所有的责任。布朗先生没有错。只有铁石心肠的人,才会把这只可怜的小狗赶出去。"

"它得到了很好的照顾,自己也很能吃苦,所以不大会受罪。不过,狗和人一样,不能光靠面包度日。它也渴望有人疼爱。"

"咦?"布朗先生反问道,"您觉得它没人疼爱吗?俺们自己的孩子都不在家,俺那老婆子对波比喜欢得不得了,还老担心它会得麻疹。廉租楼里的孩子们总想跟它玩,其中有个跛脚的男孩,波比甚至愿意接受他的爱抚。"

"话虽如此,但还是有个主人会好一些。再多人对它好,也不如有个爱它的主人,"牧师坚持道,"特雷尔先生,我希望你能领养它。"

"唉,很失望它不愿意跟我。不过,或许时间长了——"

"时间再长也不行,"布朗先生打断他的话,讲了昨天晚上发生的事,"它大部分时候都很开心,与别的狗一样喜欢跟小孩子们一起玩,但是它始终都忘不了老乔克。昨天它又回想起主人去世的情形。天哪,你们是没看见它那伤心的样子。俺老婆子瞧见它瘫在门口的毛垫子上,哭得伤心极了。"

"真是了不起的一件事。它是一只漂亮的小狗,也很忠诚。"牧师蹲下来拍了拍波比，心事重重地往大门口走去。

"这件事不需要很正式地提出来。我会跟长老与执事们私下里说的，要是需要什么细节信息的话，我再来找你，特雷尔先生。布朗先生，"他冲小屋前站着的看守人说道，"上帝可不愿看到这个小家伙受拘束。以后安息日，就让波比自由吧。"

第八章　飞来横祸

自特雷尔先生想给老乔克请医生而把他吓跑那时候算起，都过去八年有余了。他为此曾预言说，自己这张嘴早晚会给他惹上官司的。如今这预言实现了，因为他不小心在一位儿时的朋友那里说错了话，而这位朋友不巧偏偏是个市区警察。

格雷弗莱尔老餐厅的店主经历了许多事情的考验。四月份，天气好了一阵子。墓园里，丁香萌芽，小鸟歌唱。好天气一过，从东面咆哮的大海上便吹来了狂风骤雨，烟雾弥漫的爱丁堡老城区风雨飘摇，潮湿而阴冷。陈旧的山形墙及尖顶被吹得呼啦啦直响，瓦片都被掀飞了。老年人的风湿病又都复发了。布朗先生卧床不起，特雷尔先生的脾气也暴躁起来。

灵敏的小狗能读懂人的情绪晴雨表,其准确性令人类望尘莫及。一旦遇到低气压,它会自觉遁形。波比浑身跟个落汤鸡似的,欢快地跑进来吃午饭。它在长椅下吃好,把身子甩干,呼呼地睡了半晌。

如果不仔细看,你看不出这只小斯凯梗犬跟它主人去世时已不大一样。它的脚力依然又快又稳,跟着新一拨的赫里奥特的男孩子们到野外玩到天黑,也不知疲累。它一身的银灰色,因此很难看出它脸上及脚上的毛正逐渐变白。它那褐色的眼睛仍然明亮、柔软而深邃,让人不由得联想起波光粼粼的利斯河水。只有当它张开粉嘟嘟的小嘴打哈欠时,你才能看到它牙齿上的磨损,而它午睡的时间也比以前延长了很多。每当看到这些的时候,特雷尔先生就意识到,一只小狗活得再久,也活不过人类寿命的五分之一。

那是个风雨交加的四月天,餐厅里就只有他跟这只打瞌睡的小毛球。想及此事,更增加了他的不满。几乎没人来用餐。偶尔来几个客人,都浑身湿透,阴沉着脸不说话,难受地用完餐便走人,只是把擦得干干净净的地板又弄得满是泥水。下午晚些的时候,进来了一位中士,刚升了军衔,颇有点趾高气扬。他脱掉湿漉漉的大衣,里面穿着一件红色紧身上装,系了一条陶土色腰带,衣服上的纽扣闪闪发光,看起来干爽而神气。他点了一杯茶、一份吐司配果酱,脸上一副扬扬自得的神情。心情糟糕透顶的特雷尔先生还真有点看不惯。艾莉·林赛端着一个托盘从碗碟室走出来,送来了客人点的茶。她如今已是十五岁、高个子的大姑娘了,不过还跟以前一样羞涩又机灵。客人喝起了茶,麻烦跟着就来了。

这位士官看上了波比,因此向特雷尔先生询问出多少钱可以把它买下。店主草草地说了句小狗不卖,军士无礼地打趣道:

"这真是奇了怪了。我以为爱丁堡的生意人是啥都愿意卖的，换点钱抱着睡觉也舒服呀。"

特雷尔先生只讥讽了他一句："您怕是听信了讹传。"

"这只小狗你为啥不卖？"那人不肯放弃。

店主不胜其烦，以牧师布道时条分缕析的方式，冲他做了详细的回答：

"第一，它不是我的狗；第二，它特别恋旧，不可能认你当主人；第三，你们军人太傲慢了；第四，也是最后一条，兄弟，我不需要你的钱，不跟你聊天我也能过得很好。"

在这番轰炸下，中士收起了傲慢的下巴。听店主讲完后，他由衷地笑了起来，一拍大腿说道："兄弟，过来陪我一起吃，你要不来，我非拧断你的脖子不可。"

两人宣告停战，一同惬意地饮起茶来，一时竟成了朋友。在这样的天气里，特雷尔先生甚至会跟一只麻雀聊起天来；而一名服役多年，大多数时间都是在异域他乡的军人，一旦把你看成是同类人，也瞬间变得亲切而风趣。特雷尔先生简单地讲述了波比的故事。中士听了颇为同情，也跟店主讲了讲城堡里动物们的故事。

军团从外国或殖民地回来时会带些鹦鹉、猴子、品种特别的猫或狗等动物。不过城堡里养的最多的还是本地狗——柯利犬、梗犬，以及一些杂交品种，还有一些谈不上什么品种的但也不错的狗。不知从何时开始，有一处古老的墓地，专门用来埋葬城堡里的宠物们。宠物狗死后，人们会为它立一块小小的石碑，上面写着狗的名字及它属于哪个军团。军人们常去那些坟包悼念，经常谈起宠物们的美德及其迷人之处。那些石碑上写的名字有弗洛拉、盖伊、丹迪，有查理王子、罗布·罗伊，还有珍妮、布鲁斯、瓦蒂等。狗在城堡里的生活是很愉快的，那些思乡心切的军人们对它们十分宠爱。它们死后，会有成百上千人参加它们的葬礼。

"让这只斯凯梗犬自己来选。如果它拾起这一先令，就得跟我到军队。"中士在波比面前掷了一枚硬币。波比对军人一贯很感兴趣，它摇着尾巴，在他的军靴上嗅来嗅去。

它看着抛在空中的硬币无动于衷，等硬币落地也不去捡。钱对一只狗来说毫无意义。它的爱心唯独给了自己所选的主人，任凭谁都买不走它这份爱。军人对波比的无动于衷只能叹息一声。他自我介绍说自己是斯科特中士，隶属皇家工兵部队，由总部派到城堡上的器械坊指导工作。工程师的薪资报酬是很高的，他们靠的不是一般的雕虫小技，而是在许多高端技艺方面的专门知识。时间一分一秒地流逝，特雷尔先生对这位军人也越来越尊敬，越来越喜欢。

中士离开时笑着警告特雷尔先生，说一有机会，就会把波比绑架走。他在城堡里养的宠物死了。波比如此优秀，不该在古老得发霉的墓园里浪费生命，更不该在死后被保洁车草草拖走了事。

特雷尔先生听这话很不顺耳，反驳说："它才不会被垃圾车收走呢。"

"你怎么知道不会？"中士揶揄了一句，关门离开了。

店主陷入了沉思。事实上，他真的无法知晓波比的最终命运。它已经九岁了，顶多能再活上五六年。它的朋友中，布朗先生年老多病，可能会有一位年轻点的人来接替他的职位。店主自己虽正值盛年，但是他也不能肯定自己会比这只顽强的小狗活得更长。他头一次意识到李博士的那句话说得的确在理：再多人对它好，也不如有个爱它的主人。虽然廉租楼的孩子们都很喜欢它，赫里奥特的孩子们也都把它当成宠物，但是这些学生一批一批毕业离开，了解并喜欢它的几百个孩子中，没有一个能给它真正的关爱与保护。

除此以外，很少有人知道波比的存在。格雷弗莱尔教堂周围原来的或是新搬来的居民中很多都没见过或听说过它。一有生人来，它总是爱躲在那块坍塌的碑石下面，周日也总是到小石屋的厨房里午睡。因此，它老的时候真有可能连一个朋友也没有，沦落到老无所依的境地，最后被垃圾车收走。这倒真不如把它送到城堡，有人疼爱，能有尊严地死去。但是这种解决办法,特雷尔先生内心很难接受。

感觉到店主在做激烈的思想斗争,波比跑上去舔了舔他的手。然后在壁炉前坐下来,伸着舌头,好像在提醒善良的店主,等那天到来时,至少有他这位令人愉快的朋友陪着。他们就这么惺惺相惜地坐着,突然一个市区警察进来烤火,他跟特雷尔先生相当熟悉。好客的本性立刻赶跑了特雷尔先生阴郁的思绪。

"天哪,身上这么湿。快拉把椅子到炉膛前来烤烤。戴维,你鼻子上有块煤灰。"

"是火车喷出来的。爱丁堡本来就是个雾都,火车开起来后,更是把人给弄得黑不溜秋的。"警察这三天里衣服就没干过,过会儿不等衣服烤干就又得冒雨出去,他心里一肚子火,沮丧极了,对周围发生的事全是不满:"你知道不?市长大人钱伯斯先生要在牛门街窄巷群中开出一道长口子,到时会修成一条大路,从你这门口一直通下去。唉,修路会把这儿搞得乌烟瘴气的,好日子不长了。"

"哟,从玛丽女王时代以来没见过太阳光的阴暗地儿,岂不是可以照到光了吗?"

特雷尔先生拉响了铃铛,还不是很适应这种呼唤方式的艾莉从碗碟间惊慌地走出来。一看见警察,她更像是受惊的小兔子了,把托盘放在他前面时双手抖得跟筛糠似的。

廉租楼里的孩子打小就痛恨穿制服的,他们无事不登三宝殿,一出现便对人横加干扰。

热茶缓解了警察的郁闷。"我不否认,市长他是个好心的人。有一回,他建了个流浪狗收容所,什么也不图。"

看见它的好朋友跟人聊得起劲,不再需要自己的陪伴,波比起身摇摇尾巴说过再见,就朝门口走去。特雷尔先生把小服务员叫来,和善地对她说道:"姑娘,去给波比拿根骨头,给它开门。"

艾莉在完成店主嘱咐的这些事的过程中,一直对警察留着心眼,尽量不与他离得太近。这位警官的职责主要是在高街上,很少会过桥来到这边,因此他以前从来没见过波比,于是顺便说了一句:"约翰,我竟然不知道你养了条狗。"

艾莉愣住了,手中托盘上的杯子不由得叮叮咣咣响起来。警察们到了廉租楼里就是用这种方式训话的:"我竟然不知道你得了瘟疫。"但是特雷尔先生没有任何警觉,依然以对待朋友的那种随意的方式答道:"这有什么奇怪的。戴维,你不知道的事情多了去了。"

店主很快便把这件事忘了,而艾莉却没有,她注意到警察脸一沉,没找到对答的话,便闷声离开了。事实上,店主那句无心的反讥令这位警察十分恼火。一小时后,他走到高街上特隆教堂的钟楼下时突然停住，窃笑道："哼，约翰·特雷尔，你脑子里的确装了很多东西，但是总有一两件事是你自己也不知道的。"

他被自己脑子里的那条锦囊妙计彻底征服，决定立刻付诸实施。他加快了脚步，一路上躲着停靠的一辆辆出租马车，又绕过圣吉尔斯大教堂伸到路上的一个个扶壁。中世纪时，这座历史悠久的大教堂正处于最破败之时，它的中部有一间警察局。就在那里，这位警官报了一桩完全在他职权范围内的案子。

第二天一大早，他便来到了特雷尔先生的店门口站着。天气渐晴，太阳光一阵有一阵没的。店主正准备开张做生意。

"你是约翰·特雷尔先生吗？"

"嘿，戴维！伙计，你咋啦？我的名字你都不知道了吗？"

"我只是根据法律例行公事，先确认一下你的身份。这有你的一份传票。"他把一份看起来很正式的文书塞进特雷尔先生的手中后，就抽身走上大桥离开了。对于这种微妙情形的处理，他心里颇为得意。

特雷尔先生花了五分钟才消化掉这份法律文书的内容。他强忍怒火去开门，可怎么都不能把钥匙插进锁孔里。他终于进屋后，又把文书读了一遍，忧心忡忡地把它放进了里面的口袋。这一天,他做事尤其小心,对客人特别殷勤。等到午后没客人了,他跟着波比一起去了墓园,走到小屋前,询问能否见见布朗先生。

"他现在病得没那么厉害了,特雷尔先生。不过建议你不要跟他讲太多话。"看珍妮太太脸上的表情就知道,她肯定是被丈夫的坏脾气折磨得不轻。她戏谑地说:"他一疼起来简直要命。你找他有什么大事情吗?"

"不是,只是点小事,我自己能处理。你觉得他明天上午能出去一趟吗?"

"这得再等上个一两个星期,还得是好天气,他才出得了门。"

特雷尔先生离开墓园,去乔治广场拜访格雷弗莱尔老教堂的牧师,结果没见到人,十分钟后便回来了。晚上他独自一人待着,没有波比的陪伴。因为天黑以后波比就不高兴待在墓园以外的地方了。临睡觉时他心里依然惴惴不安。

对一位受人尊敬的教堂会员、中年商人来说,这的确是件棘手的事情。透过烦冗的法律语言,特雷尔先生弄清楚了自己次日要被市法院传唤去接受法官的审判,有人指控他在未付七先令的准养证费用的情况下持有或藏匿了一只狗。

第八章　飞来横祸

这件事虽然荒唐至极，但是不可等闲视之。爱丁堡市级法院比英联邦或美国的一般法院权威得多。首席法官由市长以上级别名人轮流担任，其他五位法官则由市议会从其议员中选出。商界、法律界及大学教育界的杰出人士凭借自身的知识与责任感，投入到每一个、哪怕是很小很小的案件审理之中，并以此为自身的职责及荣誉。

直到早上，特雷尔先生才大致想到了一个办法，去应对这件倒霉事。法院开庭前一小时，他穿过大桥走进高街。当时的高街就跟牛门街一样——如画的哥特式风格，一派衰败的气象，人满为患；所不同的是，高街地势很高，自荷里路德宫至城堡的那一英里陡峭的上坡路，终日遭受风吹日晒。这条路陡然下探，通过一条条窄巷及通道，一边延伸至峡谷似的牛门街，另一边连接至王子大道上的山谷公园。特雷尔先生走进一条狭窄的下坡巷子——沃里斯顿路。这条路根本就是一条缝，两边陈旧的高大建筑如悬崖般矗立。路上有一家办公楼，公司名称赫然印着"W.& R. 钱伯斯出版社[①]"。

公司上上下下都点着煤油灯，虽然是阳光明媚的春日早上。印刷机嗡嗡嗡嗡、咔嗒咔嗒不停地响着。通往编辑

[①] W.& R. 钱伯斯出版社：由威廉·钱伯斯及其弟弟罗伯特·钱伯斯创立。W 和 R 是他们各自名字的首字母。

室的门厅里只有一个年轻的职员在。一看到那位红头发、满脸雀斑的赫里奥特学生,波比童年的玩伴,特雷尔先生的精神就提起来了。

"早上好啊,桑迪·麦格雷戈。老跟你绑在一起的小伙伴——乔迪·罗斯——去哪了?"

"他在医学院读书,特雷尔先生。此刻他去了植物园采药草,那些药草我奶奶不读书也知道。"桑迪笑着开玩笑,明知道自己的话不对。他又特别用苏格兰式的精明补了一句:"这对出版业有利。"

"确实有利,"店主由衷地附和道,"你别忘了,钱伯斯兄弟在成为出版商之前曾是读书人和卖书人。小伙子,你算是很好地立住脚了,在赫里奥特的学习也帮你克服了发音中的方言成分。我想见格兰诺米斯顿①。"

"威廉·钱伯斯先生不在。罗伯特先生在的,不过他不喜欢被一些小事情打扰。"

"我不找他。我有件公事要找市长先生。"他跟桑迪说,如果市长先生来这里,就请他去市法院走一趟,找特雷尔先生。

"今天不该他当法官。如果不是特别重要的事,他是不会去的。"

---

① 格兰诺米斯顿:即威廉·钱伯斯。

第八章　飞来横祸

"当然是很重要的事，小伙子。事关生死，我认为！"他惨淡一笑，脑子里在想，或许他会被逼得去对那个瞎搞的警察动武。煤油灯的黄光更衬得他一脸苦相，桑迪看了不由得脸色发白。"到底是什么事？"

特雷尔先生不作声，不过走到门口时开口道："你应该不记得墓园里那只小梗犬了吧？"

桑迪一下子忆起了童年时光，笑着说："我当然忘不了那只漂亮的小狗了。那时候每逢假日，我们都会带它去玩。它对死去的主人还是那么忠心吗？"

"是的。正因为它的忠心，这次很有可能会死去。警方正在抓那些无主狗，准备清理它们。我要去市法院，为波比好好争辩一番。"

"我要跟你一起保护波比。"桑迪叫来另一个职员接替他，自己跑去找那位流浪狗强有力的捍卫者——市长先生。而特雷尔先生则赶往位于高街北面、圣吉尔斯大教堂下面的皇家交易所。

这座市政大楼落成还不到一百年，在众多陈旧的大楼之中显得很现代。它古典的外立面朝向高街，共四层，两边侧翼往外凸出，整幢大楼呈凹形，中间形成了一个四方形院子。入口附近有一排发廊及咖啡馆。到市政办公室办事的人都要经连接这排小商店的过道才能进入后面的大楼。

在楼上有众多设置前台的橡木大厅，必须请教服务员才知道市法院是在哪个大厅。等你终于找到时，那里陈列的画像、雕塑、古物等所展现出的这座皇城荣耀的发展史，真真令人望而生畏。若不是像特雷尔先生一样胆大无畏的人，定会心生胆怯。那只没有主人的小梗犬即将遭到如此强悍的权力车轮之碾压！

店主很快镇定下来，并没有很紧张。市法院样子看起来十分威严，审判起来却并没有那么多繁文缛节。当天的主审法官在一张高高的桌子后面坐着，旁边坐着一位书记员。戴维警官简单陈词：爱丁堡市流浪狗与无证狗泛滥。市警察局接到命令，发现此类狗须上报。他在特雷尔先生的餐厅看见过一只小梗犬，跟餐厅关系非常密切。小狗离开时，特雷尔先生叫餐厅的服务员给它拿了一根骨头并为它开门。他还注意到，小狗没戴项圈。因此，他认为自己有责任来指控这件事情。

轮到特雷尔先生就这一指控来作答时，后面的座位上已来了不少好奇的闲人。他确认了自己的名字和地址，但是否认了持有或藏匿了一只狗。法官目光冷峻地看着他，问他是否是在反驳警官的证词。

"不，阁下。在过去八年半里，每一个工作日他都会看到相同的一幕。但是那只小梗犬不是我自己的狗。"突然之间，那个暴风雨的夜晚，重病的老人悲恸地说出这世间唯一爱他的生灵却"不是俺的狗"那一幕，触动了店主那后悔莫及的心弦。他内心涌动着一股强烈的对这只高地犬的保护欲，它对死去的主人太忠心耿耿才落到这种困境啊。

在法官看来，特雷尔先生那昂起的头无异于对法庭的藐视，是在故意非难。"特雷尔先生，别再作无益的狡辩。你这是在浪费法庭的时间。你承认了为这只狗提供食物。那么请问它的主人是谁？它睡在哪儿？"

"它的主人埋在古老的格雷弗莱尔教堂墓园里，这只狗一直睡在主人的坟头上。"

法官身体往前一探，说道："这种气候，没有什么狗可以在外面睡一个冬天的。你是不是太爱编故事了，特雷尔先生。"

"不怎么喜欢，阁下。这狗属于亚北极犬种，叫斯凯梗犬。它身上有层厚实的绒毛，外面还有一层浓密的被毛可以防雨。"

"这么出奇的一件事，肯定得有证人吧。教堂墓园看管严格，没有官方的同意，狗是不可能会住在里面的。"很明显，法官有点恼火了，而且持怀疑态度。特雷尔先生心里刺痛了一下。

"当然。墓园的看守人是它的好朋友。不过布朗先生风湿病犯了，不能过来。如有必要，去取他的证词也是完全没有问题的。那只小狗留在墓园是得到过格雷弗莱尔老教堂的牧师准许的，只是李博士因为身体原因到法国南方疗养去了。廉租楼的孩子们及赫里奥特的学生们视波比为宠物，但是他们还不到作证的法定年龄。"

"你最好请个律师。这里存在一些法律难题。"

"我不需要律师。本案用到的法律不会太复杂，并且我这舌头足够我用了，阁下。"法官笑了。看客们也往前排座位挪了挪，以更好地一睹这人的风采。大厅里越来越满，大家都心照不宣地拥过来看热闹。门口处站着一个人，并未引起众人注意。特雷尔先生继续沉静地说道："如果法庭同意，我很乐意为波比缴纳准养费，但是这就意味着我要对这只小狗负责，对吗？"

"正是，特雷尔先生。你必须对它负责。无主狗泛滥已经成为这座城市的严重困扰。"

"我不能对它负责。一天二十四小时中，它和我在一起的时间仅有几个小时而已。它大部分时间都在墓园里，我认为它行为规矩且大有用处。"

"那你为什么喂了它这么多年？你跟它的主人是朋友吗？"

"不是,他是我的顾客,阁下。那位纯朴的老牧羊人每个集市日都会带着他的小狗在我店里吃午饭,我也是他在牛门街窄巷死去前最后见到的人。他去世两天后,快要饿死的波比去我那儿讨食吃。我被这只高地犬的忠诚所打动。"

店主只想说这么多。他不愿在那么多围观的闲人面前太感情用事,所以不愿意讲太多。

法官过了一会儿才亲切地说道:"看起来,不应该由你缴纳准养费。特雷尔先生,你的人道主义精神值得称赞,但是从法律的角度上来说你还是有过错的,必须缴纳最低限额的罚款。"

特雷尔先生完全没料到这样的结局,他恨不得跳起来,眼睛眯成一条缝,目光犀利。

"我非常尊敬阁下,但是对于这一判定,我必须向市长大人及所有其他法官再次陈情,甚至到苏格兰最高民事法庭上诉。"

"特雷尔先生,恐怕不会有人理睬你的。上级司法机关有比狗重要得多的案子。你还是不要自取其辱了。"

法官那冷漠的语气刺痛了他。他立刻反驳道:"并非只有我一个人会这么做。五十年前,厄斯金爵士在国会上倡议保护动物时受到耻笑,如今的我们不是变得更文明了吗?"

"罢了,罢了,特雷尔先生,你不要太小题大做了。"

"以卑劣的违法者的名义被载入市法院的史册,这可不是什么小事。如果我胆敢继续喂养那只狗,就意味着是对法庭判决的藐视。"

法官开始有点烦躁了。"罚款就意味着禁止,特雷尔先生,知道了吧?"

"我不想知道。我只想清楚地摆明自己的立场。我不打算抛弃那只狗。我的人道主义精神得到了您的赞扬,但是我却必须因为某些法律条文置它于饿死的境地。"

法官听后立马欠起身子。店主意识到表现得有点过,令法官处于被动之势了。他假装没意识到自己取得的优势,以随和的谈话语气请求对原告就私人的事说几句。"咱们两个从小就认识。戴维,下次逢着下雨天,你要在我店附近路过,尽管进来烤火,为过去的时光好好干一杯。要是你能向小狗好好学上一节道德课——知恩图报,你会成为一个更好的人。"

警察的脸都绿了。好一阵哄堂大笑。法官惊得用手捂住了嘴巴,书记员也停下了笔。大厅还没安静下来,一位小伙子跑到主席台前递上了一张便条。法官读过之后松了一口气,朝一直站在门口听的那个人点了点头。那人随即便离开了。

"本案暂时休庭,被告方需要时间进行取证。何时继续开庭，请等候通知。下一个案子。"

特雷尔先生被这突然的转折搞糊涂了，又对这件事情的延迟宣判有些恼火，于是匆匆地离开了法院。他刚走上大街，就被刚才送便条的小伙子追上，并递上了另一张便条。这更加意外的反转剧情让他瞬间变回了一个无忧无虑的阳光少年。他兴高采烈地沿着拥挤的高街往上爬，穿过大桥，回到了自己那舒适的小餐馆。正赶上波比来吃饭，因为连下三天的雨，它看起来很是邋遢。特雷尔先生带着批判的眼神仔细瞧着它，脸上的表情十分难解。下班时，在艾莉优雅地欠身行礼，面带羞涩地跟敬爱的雇主说过晚安后，他突然想到什么便叫住了她。

"姑娘，你曾经给狗洗过澡吗？"

"特雷尔先生，你是说波比吗？没有洗过，"她眼睛一亮，"不过塔米曾帮过布朗先生扶着它，说给这只漂亮的小狗洗澡是很好玩的一件事。"

"嗯。布朗先生病得不轻，近来天气又这么糟糕。波比看起来越来越像只流浪狗了。要是你能把它变回到贵妇宠物的模样，明天早上七点四十五分叫它在墓园门口等我，我就会在你的婚礼上表演高地舞。"

"你要带它去野餐吗，特雷尔先生？"

"不是，姑娘。我带它到一座漂亮的教堂去见人。"

他刻意一本正经地答道，目光里的神采令这位小姑娘甚是不解。

第九章　暖暖的爱

每当艾莉早上要早起时,她就会把塔米当成闹钟。一个瘸腿的小伙子,要想"靠脑袋瓜子吃饭",就必须争分夺秒地利用好白天的时间。然而在格雷弗莱尔教堂周边陈旧的廉租楼上,只有那些愿意并能够爬上山墙的人才能最大限度地享受到日光。塔米只能生活在楼房最黑暗的最底层,但是由于得到了看守人的特别准许,他可以在墓园里看书学习,只要天气状况允许。

他把书和拐杖从一扇窗户扔进墙里,然后抓住挡窗户用的一根破轴荡进了一块封闭的墓地。在那儿藏着珍妮太太的一个挤奶凳,是他的学习凳。还有一个桌式墓,是他的学习桌,他经常趴在上面做计算题。作为主人,波比热情地摇着尾巴,雀跃地迎接塔米的到来。看着他安顿下来开始学习，它才毅然地离开，继续它那捕捉老鼠的事业。许多个朦胧的春日黎明，整个墓园就只有这个安静的小男孩与这只敏捷而不作声的小狗，画眉和云雀也只为他们送出最美妙的音乐。

在四月中旬的这个清晨，当朝阳给城堡镀了一层金，又从赫里奥特医院众多美丽的窗玻璃上折射回来时，塔米把自己的书本收起来，藏在了让·格兰特夫人的桌式碑石下，然后走到商业街顶端的行业会馆大楼后面，抓了一把小石子朝艾莉家的窗户上丢过去。艾莉有个祖母，所以也是住在低楼层。她那张睡眼惺忪的小脸热切地探出窗外，犹如《潘奇与朱迪》木偶剧里突然跳出的小丑。

"塔米，等我一下，"她小声说道，"不要把俺奶奶吵醒了。"她转眼便从窗户里爬了出来，经一座墓顶跳进了墓园里。她出来得太快，都没梳洗一下。她套了件洗旧的棉布衣服，还是塔米帮她扣上了背后的纽扣。她又坐在碑石上把鞋带系好。要想彻底地体验给波比洗澡的乐趣，就不能再耽搁了。于是塔米说道：

"艾莉，头发就不用梳了，已经很好看了。"

真的，艾莉是个幸运的姑娘，她那卷曲的金褐色头发微乱时最是好看，她自己也很清楚这一点。

"我知道，塔米。俺总在前一天晚上用梳子梳几下。

叫小狗来吧。"

波比很清楚他们找自己有正事,不过现在正是晨露欲滴的清晨时光,而它正处于一天中精力最旺盛的时刻。于是它一会儿跑到露珠闪耀的草丛上,一会儿跑进雨后长势旺盛的灌木丛中,让艾莉追都追不上。当它最后终于卧倒在老乔克的坟上时,塔米才抓住了它。总归能在那里抓住它,趁它放松休息或是冥想的时候,因为劳作或嬉戏之后它总会回到那里。如今原来的坟头已坍塌得跟四周的地面齐平,簇新的草丛中番红花到处吐露着紫色或金色的花朵。没人能认得出那里曾是个坟头,就连布朗先生也是根据上面的一丛玫瑰以及波比的眷恋才认得出来。要不是有波比在,躺在地下的那个身份卑微之人恐怕早已没人记得。

此刻,他们躺在那里稍作休息。小姑娘跑得脸色红扑扑的,衣服湿漉漉的,看起来像个居于山林水泽的仙女;波比气喘吁吁的,乖乖地接受小伙伴们的爱抚;塔米用自己那瘦削的双手捧起小狗的小脸,分开饰毛,凝视着它那对柔柔的褐色眼睛。

"艾莉,看呀,波比的眼神好像有点忧愁,它正在想心事呢。"

确实如此。尽管玩耍时尽情嬉戏,劳动时精力充沛,波比的眼神却总是有种坚忍的惆怅,与这个跛脚的小伙子颇为相像。塔米需要勇气与故作坚强才能直面残疾人的生活，不去为跛脚的事实耿耿于怀。谁敢说，这只无亲无故的小生灵不需要勇气与故作坚强就可以活下去？

在小屋后面的石阶平台上，澡盆里的波比或游泳、或拍水，尾巴把泡沫甩得到处都是。它根本不愿意静下来让人给它梳毛，不停地扭动身体，一会儿跳到孩子们身上，一会儿又用毛茸茸的湿爪子顽皮地挠人家的脸。它欢快地闹腾着，欢笑声随之溢满了这座古老的墓园。等它终于站定时，哇！一身银灰色的被毛宛如涟漪般垂落下来。刚把它放开，它便冲出去跑向了教堂的另一边，很快又跑了回来，嘴里衔着一根最新得到的骨头。它挠了挠门口的基石——被调教过不能挠门板的。打扮整洁的珍妮太太微笑着打开门，请这两个来自贫民窟的穷孩子走进自家那干净舒适的厨房，这样的厨房在廉租楼内是不可能有的。布朗先生坐在壁炉边，身上裹着一条蓝白相间的毯子，那手工编织的毯子做工甚为精良。波比把两只前爪攀到看守人的椅子上，把它那根宝贵的骨头放在了他的膝上。

"哦，你这个小淘气，跳上来！"看守人拍着膝盖说。波比跳了上去，在这张诱人的"软床"上转了几转，又舔舔老人那笑容满面的脸庞，表达了自己的同情与友爱，然后便跳了下去。布朗先生叹息一声，波比从来都婉拒成为任何人的膝上宠物。他转身对这两个艳羡的孩子说道：

"它每天上午来的时候都叼着根骨头，以为这是给病人的最好的礼物。它每天来看俺两次，每次来都在炉火前待上一会儿，伸着舌头，摇着尾巴，很开心的样子。它比很多人都更懂事；那些人来看俺，都拉着个脸，好像要让俺知道俺就要死了。只要俺还活得好好的，俺才不上心哩。珍妮，老婆子，把俺的横笛拿过来好吗？"

之后墓园小屋里便有了一番奇特的景象。詹姆斯·布朗还远没到言生死的时候呢。他年轻时在高地一家庄园里做园丁助手时，学会了吹短笛。近来他又重新拾起了这件民间乐器，就因为波比乐起来时小腿儿的节奏跟它很合拍。当《漂亮的敦提》那优美的旋律响起时，波比时而小跳，时而迈步，时而大跳。有时候波比坐在两条后腿上打转，两条毛毛的前腿收在胸前，活像维多利亚早期女士们肖像画里面的样子。炉子里的火苗热情地蹿动着，点亮了屋子里任何可以折射出光的地方；报春花在菱形的窗格下绽放；云雀在笼子里振翅而歌；短笛如画眉的歌声一般嘹亮；小狗那充满喜感的呆呆的可爱舞姿，让每个人都笑得前仰后合。整个小屋里亮堂堂的，满满的都是纯真善良与欢乐，再也装不下别的什么了。他们谁都没有想到，法律的阴影已笼罩在这只可爱且能干的小狗身上。

艾莉瞥了一眼时钟，意识到特雷尔先生可能已经在等着波比了。

孩子们很好奇，带着波比愉快地跑去了大门口。可是当身着安息日礼服、表情严肃的特雷尔先生出现时，他们便冷静了下来。特雷尔先生对波比上上下下仔细地审视了一番，给了每个孩子三便士，没跟他们打趣便心事重重地立刻离开了，小狗前一脚后一脚欢快地随他而去。事实上，特雷尔先生不停地思考着，在市长面前该如何为波比求情。前一天他离开市法院时，传信的人递给他的那张便条上写的是：

明日八时到圣吉尔斯大教堂雷金特墓来见我，带那只高地犬一起来。——格兰诺米斯顿

店主第一遍读过后，心情大好，可能是之前太压抑了。不过细细想来，这个约见不带任何官方色彩，因为圣吉尔斯大教堂雷金特墓一直以来都是小道消息的发源地及商议各种各样小事情的地方。的确，一只小狗的命是件小事情；因此当权者们认为在雷金特墓解决这件事比在市法院里解决更合理。

孩子们站在大门口，一直望着特雷尔先生和波比，直到大桥上的建筑挡住了他们的视线。他们觉得，肯定是发

生了什么事。忙碌的店主通常都是卷着袖管,围着大围裙,特别忙的时候总会搭把手干活;而不会在工作日里穿上黑色的大衣,戴上高帽子,除非是去参加葬礼。然而,他们各自有要忙的事。塔米还有个学习任务要完成,于是返回了墓园,而艾莉则往餐厅赶去。在餐馆的台阶上,她撞上了一个红头发、满脸雀斑的年轻人,说是来找特雷尔先生。

"他不在。"这个羞涩的女孩认出了这个穿着整洁、字正腔圆的白领,正是以前跟她一样贫穷、曾在赫里奥特念书的学生,惊得差点说不出话。

"小姐,您在他店里上班对吗?那他为了那只小狗到市法院打官司,您知道结果如何吗?"

在这世上,艾莉心中唯一的小狗就是"那只小狗"。一听到市法院,又联系到自己深爱的小宠物,她紧张得瞪大了眼睛,结结巴巴地说道:"不……不是……不是去法院,特雷尔先生带波比去一个漂亮的教堂了。"

桑迪点点头,说:"哦,可能是去圣吉尔斯大教堂里的警察局了。小姐,请转告特雷尔先生,我之前请过市长阁下了。还有,如果他需要证人,只管来找桑迪·麦格雷戈。"

艾莉惊恐地盯着他离去的背影。两天前警察那句不祥的话又闪现在她的脑海:"约翰,我竟然不知道你养了条狗。"她追上已走到大桥上治安所的桑迪,问道:

"警察跟小狗们有什么关……关系？"

"如果没有人为小狗缴纳准养费，警察就会把它们抓走清理掉。"

"他们要收多少钱？"

"七先令。再见，小姐。我要迟到了。"桑迪为波比的事并不是特别担心，因为有足智多谋的特雷尔先生在管。他完全不知晓，这个孤苦伶仃的孩子的内心有多么恐慌与痛苦。

七先令！对这个廉租楼里的孩子来说，这是个天文数字。她那半盲的祖母终日在昏暗的房间里织啊织啊，才能分分角角地攒起点钱，准备日后的丧葬费。七先令，够那些挤在一间屋子里的家庭一个月的房租了。艾莉自己，每天才能挣六便士，这还是因为特雷尔先生格外慷慨多付她工资，她本身没经过任何培训，连烘焙叉都不怎么会用。需要付上七先令，才能让一只小狗活下去！艾莉不知道，这个数目对特雷尔先生来说是小菜一碟。

没有人一下子就会有七先令的！哦，但是，人人都会有几个便士或几个法寻的，她的与塔米的合在一起就是六便士。

她想赶在塔米上学前找到他，于是朝大门口飞奔回去，谁知一下子撞到了站在边门正准备开门的警察。他目光锐利地打量着她说：

"哦，姑娘，我正准备到石屋打听一下，墓园里是不是住了一只小狗。"

"俺……俺……不知道。"她声音都变了调。廉租楼里长大的孩子们都养成了一种本能：对执法官们啥都不说。

"你不知道！特雷尔先生在法庭上说，周围的孩子们都认识那只狗。难道他是在撒谎？"

她情急之下连忙承认说："他没撒谎。只不……不过……那只狗现在不在这儿。"

"它去哪儿了，快说！"

"俺……不……知道！"她害怕地退缩到墙根。她不可能知道，这位警官正在为自己在整件事情中扮演的不光彩角色而深深惭愧。打听出小狗的确住在墓园，他便转身走上大桥离开了。塔米很快就出来了，看见艾莉软绵绵地蜷缩在大门口。听艾莉讲过波比的危险境遇后，他把书本和拐杖放在人行过道上，无助地抱头痛哭。艾莉突然想到一个办法，就是向廉租楼里的租户们筹集这七先令，不过塔米对此不抱信心。

"你知道七先令是多少钱吗？七先令是八十四便士，一百六十八半便士，是……是……都算不出是多少法寻了。"

"俺才不管是多少法寻呢。反正墓园周围住的人数总归得有那法寻数的两三倍吧,而且大部分人都认识波比。咱们两个加起来就已经有六便士了。"

"布朗先生要有的话会再给咱们六便士的。"塔米满含期待地建议道。

"不,他病得很严重。要是再受刺激的话,会受不了的。他肯定会为波比的事伤透脑筋的。唉,塔米,特雷尔先生是要放弃波比了。他穿得那么讲究,脸拉得那么长,肯定是去给波比送葬的。"

这个可怕的想法令他们立刻开始了行动。在相互鼓励下,他们一起迈进了一个有雕饰的大楼门廊。

"您认识格雷弗莱尔·波比吗?"塔米战战兢兢地问那里的负责人。

那个男人瞪着塔米直摇头:"小娃子,乱说话,哪里会有人用一个老墓园的名字给自己起名的?"

孩子们撒腿便跑。没必要跟不认识波比的人浪费时间,解释起来太花工夫。但是,哎呀,他们很快便发现,大部分人都不认识波比,这一点跟他们之前的想象完全相悖。只有后面那些朝着墓园的屋子里的住户知道波比,但是楼层越高,知道它的人越少,因为它是那么小、那么小的一只小狗,又那么安静,而且许多租户的窗户经常是被外面晾晒的衣服给挡住的。而在大楼里层,那些衣冠不整的妇女们常带着各种活计到透光的走道上去忙活，或补补破衣烂衫，或东拉西扯说闲话儿，或在楼梯上喂喂小婴儿。她们有时候可能会说起波比来，但是极少有真正见过它的。大人们不知道它的存在，而孩子们却往往知道。艾莉和塔米很快便一路问到了商业街底，越来越多的孩子们为小狗的处境所打动，追着他们，表达自己的同情并热切地献上爱心。

"艾莉，等一下！"一个孩子喊叫着追上来，"给，一便士。我本来是要用它来买牛奶配稀粥喝的。一天不喝也没关系的。"

有的捐出了买熬汤的骨头的钱，有的捐出了父亲买烟丝的钱，还有的捐出了奶奶买茶叶的钱。总之，孩子们都动员起来。艾莉与塔米在廉租楼群里募捐的过程就跟吹笛人[①]在哈默林村走了一遭似的，把孩子们一个个都吸引过去，跟在他们身后。行至格拉斯集市上的圣约翰骑士会堂那陈旧的天井时，孩子们的人数已达到六十个甚至更多。塔米的绒帽里集起了许多枚硬币，好奇的孩子们蹲下去静静地数起来。

"总共是五先令九个半便士。"塔米宣布说。他又掰

---

① 吹笛人：出自英国19世纪大诗人罗伯特·布朗宁的诗歌《哈默林的花衣吹笛人》。故事发生在德国小城哈默林。其中有个情节是：吹笛人吹起笛子，孩子们闻声都被他带走了。

着手指头算了算，继续说道，"还差一先令两个半便士。"

大家失望极了，一个小男孩忍不住哭了起来。艾莉擦掉眼泪站起身，打算最后一搏。她要到希望渺茫的阁楼上去问问。她沿着外墙上盘旋的楼梯往上跑，一直爬到燕子萦绕的屋檐上，只听得山墙上骑士团的铁十字架吱吱嘎嘎作响。然后在一条漆黑的过道里，挨门挨户问起来。每次她敲着门，大声地问：

"你知道格雷弗莱尔·波比吗？"

有的房间没人应答；有的学生租户，看着她痛苦地哭诉，一点儿都不同情。小姑娘蓝色的眼睛里满含眼泪，在愤怒与绝望中，用力地敲响了那一排最后一扇门。

"你知道格雷弗莱尔·波比吗？警察要置它于死地——"门开了，她禁不住号啕大哭起来。

"嘿，姑娘。我知道那只狗。你为什么这么难过呢？"

一个高个子的学生走了出来，头上系着条湿毛巾，身后是个靠老虎窗采光的阁楼小间，头顶的椽子上密密麻麻地挂满了从植物园里采来的一捆捆晒干的药草。

"哦，你真的知道它？它看上去漂亮极了，对吗？请给我一先令两个半便士吧，这样警察就不会把它清理走了。"

"天哪！你是要给它办个准养证吧？我要是有这么多钱就好了。以前我跟波比一起度过了许多美妙的时光，非常感谢它曾经的陪伴。但是我真的没有钱。"

这个学生便是乔迪·罗斯,在赫里奥特基金赞助下正在医学院读书。这个基金虽然很庞大,但是用来资助爱丁堡那么多贫穷的有志青年却总是不够。因此,虽然他在各个必要的方面都有受到资助,但是口袋里却总是空空如也,贫穷如故。要是中饭只吃土豆及烟熏鲱鱼,倒可以省出六便士,他很愿意这么做。听完艾莉的叙述,他带她到别的学生的住处,二话不说就要他们出钱。

"你有多少闲钱都给这位姑娘,否则别怪我抽你。"他以这种不容商量的语气跟人开玩笑地说,直到集齐了所需的钱。艾莉不管三七二十一地沿着楼梯往下飞奔,冲楼下仰望的安静人群发出胜利的呼喊。

当艾莉和塔米为波比筹集准养费时,波比正在内部结构复杂的圣吉尔斯大教堂内探索。每当市长指着简陋的灰泥隔墙上的裂缝给特雷尔先生看时,它都会朝裂缝里面闻闻。那些摇摇欲坠的老墙里藏着老鼠。只可惜缝隙太小,波比钻不过去,否则这只大无畏的小狗早就进去把它们抓到了。特雷尔先生不许它乱刨,它只能把愤怒的鼻口伸进去一点儿,摆一摆战斗的架势。一闻见它的气味,里面的老鼠们都吱吱叫着循着暗道拼命逃窜,弄得波比心里痒痒得厉害。市长赞许地注视着波比的一举一动。

"等这些隔墙都被推倒后,波比就可以大展身手,把老鼠们全都赶出这座高贵的教堂。只是波比可能等不到那一天了,恐怕连我自己也看不到那一天了。"这位来自皮布尔斯、出身贫寒之人,如今地位尊贵、学识渊博、富甲一方,在多个方面都是行家里手。他说起话来仍然带着点口音。然而他却是那么平易近人,连最卑微的人在他面前都不会感到紧张。

这次会面毫不拘礼。特雷尔先生跟波比过来时,格兰诺米斯顿正站在靠近雷金特墓的一个后门,眺望着阳光灿烂的国会广场。他年届七十,一头银发向后梳着,银白胡须齐整地往下垂着,脸上轮廓甚是分明。他热情地打招呼说:

"早上好,特雷尔先生。这就是那只出了名的为主人守墓八年多的小狗吧?应该把它带到城堡上去给那些年轻的士兵看看,他们值二十四小时的岗就会满腹牢骚。很高兴见到您,阁下。"这位伟人,不久以后便被女王授予了爵位,而且被大学授予了荣誉学位,虽然他年轻时没钱读大学。他竟俯下身去,郑重地握了握波比扬起的前爪。然后让小狗自己玩自己的,自然而然地谈起了他最为关心的事情:

"你关心爱丁堡传统文化古迹的保护问题吗,特雷尔先生?宗教改革运动到处对艺术造成了巨大的破坏。跟我来!"

市长与店主都穿着考究的黑色礼服,却钻进了飞扬的石灰粉尘中,想看一眼一座墓上的雕刻。过去为了修通道,在那座墓旁边建了堵围墙。太阳光照到被砖头部分遮挡着的一扇窗上,上面的圣人彩绘玻璃发出璀璨的红绿光芒。格兰诺米斯顿解释说,像这样被埋葬或遗忘的宝藏,在南面耳堂里比比皆是。他们走进大教堂,当时这个大教堂占据着圣吉尔斯大教堂整个东端。沿着一段劣质的木楼梯走上去,那里的旁听席上摆满了长椅,一直延伸到旧时唱诗班所在的圣坛。他们坐了下来。特雷尔先生的双眼散发着智慧的光芒。格兰诺米斯顿是很有追求的一个人,他们两个聊得很投机。但是,市长关注的是如此宏伟的事业,诸如修复这座古老的大教堂、让阳光照进陈旧的廉租楼等。特雷尔先生越来越觉得,相比之下,市长可能不会特别关心一只没有主人的小狗。

"等你把管风琴重新装在圣吉尔斯大教堂时,估计国会广场那边在墓里的约翰·诺克斯也要辗转反侧了。"特雷尔先生打趣道。

"我承认,要不是格雷弗莱尔教堂勇敢的李博士做榜样,估计我早就放弃在教堂恢复管风琴这件事了。几年前,就是他把这只忠诚的高地犬的故事好好地跟我讲了一番。我本来是想亲自去看它的,但是太忙了,后来就忘记了。

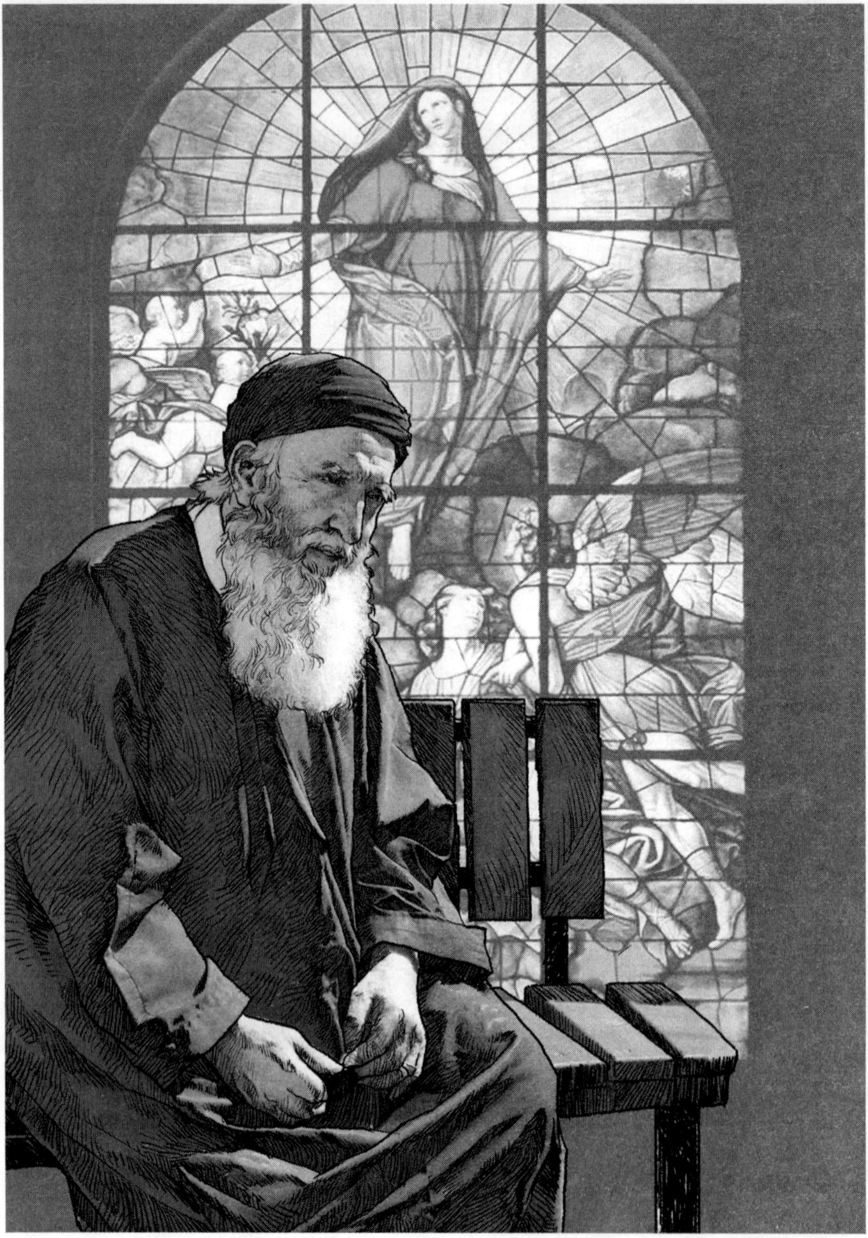

那天我站在法院门口听到你说话了,并呈上了一张便条确认了你讲的故事,同时恳请法官把案子交给我来做特殊处理。你愿意把那个深深打动了李博士的故事再跟我讲一遍吗?我对这一类极富人情味的故事一直很喜欢。"

于是,在圣吉尔斯大教堂的布道坛上,波比的故事又被讲了一遍。令人称奇的是,一只小狗的生命同苏格兰首府最高层与最底层、最高贵与最低贱的人都连在了一起。一听到他们提到老乔克的名字,波比就询问式地抬起两只前爪趴到椅子边上,特雷尔先生把它拎了上来。它平趴在两人之间,鼻口贴着爪子,而那蓬乱的小脑袋之上是市长温柔的手掌。

老乔克在特雷尔先生的讲述里又活了过来。格兰诺米斯顿曾在埃特里克乡下做过牧羊人,他对这类孤独的牧羊人特别了解,深知他们年老体衰后被迫沦落为城市贫民的那种苦楚。店主讲述了在那个狂风骤雨的夜晚,一位纯朴的老人带着一只"不是俺的"忠诚的小狗艰难地寻找食宿。他虽已病入膏肓,却出于愚昧的偏见与恐惧不肯就医。店主还坦诚自己好心办了坏事,结果酿成在牛门街那肮脏而拥挤的贫民窟里的一桩悲剧。

"还是波比提醒了我,它的主人出了状况,并恳请我帮助老乔克。但是我这大舌头却说去请什么医生,结果等我回来时，他已经离开了，没两天便痛苦地死去。所以给小狗喂喂食，我的良心也会好受点。"

"这不是你喂养它的唯一原因吧？"市长目光如炬，特雷尔先生唰地脸红了。

"嗯，我真是非常喜欢它。我都对这只小梗犬好了八年半了，可它对我还是敬而远之，不愿意跟我或是其他任何人走。"

之后店主又讲了波比对老乔克念念不忘的事：它宁愿饿死也不肯离开主人的坟墓，它是如何藏身于坍塌的桌式墓下面的，又是如何从彭特兰农场几次三番戏剧性地逃回来的，等等。他还讲到波比在墓园里始终缄默，唯一的原因是它从没忘记已故主人对自己的训诫；讲到它如何凭借自己的才智与努力，让看守人看到自己的用处，并最终赢得了看守人的宠爱；讲到它温顺、开朗、友好的性情，因而成为廉租楼赫里奥特孩子们的特别宠物。最后，特雷尔先生还谈起了自己跟城堡过来的一位军官顾客的谈话，说出了自己对波比可能面临的悲惨结局的忧虑。他说波比的确不属于任何人，还说它对军人及军乐十分入迷，因此，或许——

"我很不情愿跟它分开。当老乔克跟我说小狗必须回到农场上时，他自己也是这么说的，'分离会是很难受的'。"店主毫不掩饰地泪流满面。

第九章 暖暖的爱

格兰诺米斯顿若有所思地抚摸着波比那流苏一般的耳朵。在他们说老乔克的整个过程中，波比始终一动不动地待着。一天中它脸上的饰毛第二次被掀开，头一次是在格雷弗莱尔教堂里被那个不幸的小伙子撩开的，这一次是被这座古老的皇城、苏格兰首府的市长掀开的。两次都有相同的发现。年轻时的波比总是一往情深地望着老乔克，而如今，它那对深邃的眼睛里藏满了悲伤的回忆，总是以一种淡定而忧伤的眼神凝望这没有主人的世界。

"你觉得它会情愿离开主人的坟墓去别的地方吗？你自己看看！"

"上帝宽恕我！我还以为这只小狗总是很开心的呢。"

过了一会儿，两人沉默地下楼了。波比也从椅子上跳下来，慢慢地跟在他们身后。他们从教堂在高街上的一个大门出来时，格兰诺米斯顿神秘地一笑：

"我想波比留在市区比去城堡里要好一些。不过等一等吧，教堂可不是解决小狗问题的地方。"

市长带着路，顺着教堂的正面往西走去。圣吉尔斯大教堂在高街上共有三个入口。中间那个通往警察局；西面那个通往小教堂，通常称作"哈多牢房[①]"。格兰诺米斯顿转进这个空荡荡的白灰粉刷的小教堂，走到布道坛上把他

[①] 哈多牢房：这里曾关押过一个名为哈多的勋爵，故有此名。

之前留在那里的几份修复设计图纸取下来。他正在给特雷尔先生看图纸,突然被前厅外传来的嘈杂声给打断了。听起来好像有很多人,迈着细碎的脚步,嘤嘤嗡嗡地小声说着话。

贫民窟里的孩子们,本来是要找警察局的,结果对这座庞大而威风的老教堂的布局搞不清楚,看见"哈多牢房"的前厅开着,便壮着胆子往里走。到底走对地方了没有,他们的这种疑虑很快便被打消了,因为波比听见声响后便跑出来想一探究竟。他们忽地都拥了进去,把艾莉都弄倒了。艾莉紧紧抱起小狗,歇斯底里地叫喊着:

"波比没死!波比没死!特雷尔先生,不要把它交给警察。塔米的帽子里装着七先令!"

小塔米把拐杖一丢,把充满了爱心与慈悲的善款倒在了祭坛边。这么一堆令人惊讶的铜币,店主还以为是他们抢劫了某个商店的零钱柜呢。

"哦,可怜的娃儿,你们从哪里弄来的钱?"他严肃地问道。

塔米十分镇定而骄傲地答道:"墓园周边的孩子们要把这些钱交给警察,不让他们把波比处死。"

特雷尔先生看了格兰诺米斯顿一眼。他的眼神里,既饱含喜悦又有种谦逊,为这些穷孩子们,为他们的壮举。

第九章 暖暖的爱

而市长凝望着这群可怜的孩子，这旧城区贫民窟的产物，内心感到的却是一种对城市的耻辱。他不禁思虑起来，必须得加快心头另一项工程的开展，在牛门街、高街及格雷弗莱尔教堂周边林立的大楼间开辟通道。真没想到，在那些见不到天日的洞窟之中竟开出了如此甜美的关爱之花！此时他顿悟出，世间万物哪怕是一只狗、一匹马或一只鸟都带着使命，能让人们变得更善良、更快乐。

孩子们都在祭坛前面的空地上坐了下来。他们没洗脸、没梳头，衣不蔽体，但是他们完全没觉察到这些，而是忘我地沉浸在无比的快乐之中，尽情地欣赏这只胖乎乎、干干净净的漂亮小狗的嬉戏与逗趣。艾莉兴奋得忘记了害羞，逗引着波比使出各种绝活儿。只见它时而翻滚，时而跳跃，时而和着塔米的口哨声跳《漂亮的敦提》，时而立起身子或走或跳地抓帽子，时而作乞求状，时而抬起毛毛的短腿跟人握手。后来它闻了闻那堆硬币，询问地抬头看看特雷尔先生，断定这些财物需要守护后，便在一旁站定，俨然像个卫兵似的。看着它的一举一动，真是无比开心的事。

市长突然之间改变了想法。神圣的教堂正是解决这只小狗问题的最佳场所。不能拒绝孩子们捐出的这些钱，要把这些钱放在这祭坛下，用到其他神圣的事情上。他本打算在别的地方以别的方式去做的事情，此时此刻、就在此地，他就要做。他把波比举起放在圣坛上，让每个人都能看到它，并以每个人都能听懂的方式问道：

"你们知道，大人物怎样才算获得这个城市自由出入的权利吗？"

"就是……就是当美丽的女王驾临时，把所有城门的钥匙都给她，不过现在城门都不存在了。"塔米作为赫里奥特的学生，知道的东西挺多的。

"说得好，小伙子！很久以前，爱丁堡周边曾有一道围墙及几座城门。"的确，这些孩子全都知道这一点。他们在格拉斯集市上及集市外围都曾见过残存的城墙，在西端的旧港口那儿还留有城墙的岗哨箭楼。"国王或其他尊贵的访客来到时，市长及官员们将城门的钥匙赠予他们，这样他们就能任意进出。如今这些城墙和城门虽然不存在了，但是那些钥匙我们还保留着，我们依然会把这些钥匙颁给那些贵客，那些或极尊贵，或极聪慧，或极善良，或极有用之贵客。"

"比如格莱斯顿[①]先生。"塔米说。

"当然。我们把钥匙颁给女王陛下的大臣们；颁给南丁格尔女士，因为她在战场上给予士兵们无微不至的关怀；颁给柏德特·库茨夫人，因为她把自己的钱及爱心都

[①] 格莱斯顿：英国政治家，被誉为英国最伟大的首相之一。

献给了穷人,还因为她对马、狗、鸟等动物们所表现出的善良品质;颁给战斗英雄们,因为他们的勇敢与忠诚。现在我要颁给一只小动物。它很有教养,在古老的墓园里总是保持安静。它很听话,乐意服从指令。它总是乐观而忙碌,为巢里的幼鸟驱赶逡巡的野猫与老鼠。它跟你们每一位都是朋友,它也很忠诚。它为了死去的主人宁愿忍饥挨饿;它从不曾忘记死去的主人,夜夜为他守墓,它守墓的时间比你们中有些孩子的年龄都要长。等它安静下来,你去看一看它那漂亮的褐色眼睛,就会发现它那忧愁的眼神。你们并不理解那是为什么,但是你们都很爱这只孤独的小——"

"波比!"孩子们睁大眼睛,兴奋地喊了出来。

"波比!哇!小狗应该不知道怎么用钥匙吧?"

格兰诺米斯顿微微一笑。这些聪明的贫民窟孩子们心照不宣地相互交换了眼神。"在哪儿呢,那个小——"他找找这个口袋,又掏掏那个口袋,故意装作找得很费力的样子,最后找出一个崭新的皮项圈,一端有一些孔,另一端是个结实的搭扣,中间用铆钉固定着一块锃亮的铜牌。塔米大声地读出了上面的铭文:

格雷弗莱尔·波比
市长 1867 年颁

孩子们怀着敬畏的心情，默默地传看着这个精致的项圈。他们盯着这位满头白发、长着胡须的老人，看了又看，觉得他一点儿架子都没有，说起话来就像一位纯朴善良的老爷爷。他为了不让孩子们紧张，特地跟他们拉起了家常，跟他们说没有比波比更善良、更有教养、更忠于职守的人了，甚至包括女王陛下在内。正因为波比有这么多的优点，所以才有这么多孩子认识它，并愿意捐出自己仅有的一点儿零花钱，集齐七先令，为它缴准养证费，让它可以继续留在格雷弗莱尔教堂并得到大家的照顾。他还说小狗必须戴着这个项圈，这样警察就能认出它，不再把它当成是可怜的流浪狗对待。

孩子们十分理解自己身上的责任，眼睛里闪耀着自豪的光芒。万一那些大朋友们忘记了，无论如何都不能让这只小狗饿肚子。要是有一天它死了——哦，也没几年了，他们都知道狗没有人活得长——不能忘记，它是不允许被葬在墓园的。

"我们要隆重地安葬它，"塔米说，"给它找一处绿色的山坡，旁边有汩汩流淌的小溪，还有开满洁白花朵的山楂树，歌鸠跟画眉叽叽喳喳地歌唱。"这个跛脚的男孩一直没忘记特雷尔先生所讲过的野餐，觉得那样的地方一定是小狗的天堂。

"哇，那太好了！"项圈又回到了市长手中，他把它牢牢地扣在了波比的脖子上。

第十章　迷失城堡

风笛、横笛与鼓的齐鸣声把孩子们吸引到了高街上。士兵们的晨训开始了，他们正列队从城堡中走出来。站在圣吉尔斯大教堂凸出的外立面之前，孩子们的视线可以沿着这条上坡的大道一直望到那头城堡前一片开阔的广场。身着鲜红色大衣的士兵们一排排整齐划一地走来，苏格兰短裙及腰间的皮毛袋有规律地摆动，头上都戴着有羽毛装饰的军帽。灿烂的阳光照在士兵所佩的来复枪及刺刀上，以及不计其数锃亮的纽扣上，折射出耀眼的光芒。

一些年纪稍大点的男孩子一路上坡迎了过去。特雷尔先生把波比叫了回来，跟格兰诺米斯顿握手告别后，便走上了大桥。店主不由得想，在这个由大地、天空与人类社会构成的世界里，真的需要勇气和善良才能好好活下去。

第十章 迷失城堡

他急着去市场上购置原料,于是把波比放进墓园的大门便匆匆回店里,换上日常的穿着。他心想午饭或下午茶后,一定去石屋待上个把钟头,跟布朗先生分享一下这个好消息,同时也给他好好看看波比那精致的项圈。

当最终只剩下波比独自一个时,它绕着教堂跑了一圈,确保老乔克的墓不受骚扰后,躺在了番红花的花丛上,来回地扭动、摇晃着,用力地去拽脖子上的项圈——它还不适应戴这个东西。它不停地扭头撕咬项圈,又是低声呜呜,又是毛茸茸地蜷成一团,弄得鸫鹩和知更鸟不知所措地乱叫。鸟儿们或筑巢,或啁啾地求偶,或雄浑地歌唱,暂时不大需要波比来保卫了。过了一会儿,它坐到了那个桌式墓上,有点忧伤。布朗先生卧病在床,珍妮太太形影不离地忙前忙后,对爱交际的波比来说墓园显得太冷清了。在这风和日丽的大好春日,守在自己深爱的坟头忧伤,实在是太令人伤感了。纯粹是为了找乐子,波比又跟自己的项圈拧巴了一通。它把项圈深深地埋在了被毛下面,让人根本就看不出它还戴着。突然之间,它端坐起来,又蹦蹦跳跳地朝大门跑去。

军乐声越来越响,越来越近。在偶尔几个阳光明媚的春日上午,城堡卫戍部队会进行行军操练。操练之初,对爱丁堡的小男孩们及狗狗们来说都是个惊喜。士兵们通常会沿着高街一直行进至海边的波多贝罗海滩。但是有支强悍的高地军团则总喜欢一路上坡，行进至彭特兰高地，去闻一闻石楠的香味。

在铿锵的军乐声中，这支五彩缤纷、整齐划一的队伍跨过大桥，来到了格雷弗莱尔教堂附近。波比趴在边门上，充满能量的小身躯从头到脚都兴奋地抖个不停。要是特雷尔先生还在，肯定会被它的情绪感染，忙里偷闲地借着四月份那怡人的微风，带这只小梗犬到彭特兰的山坡上遛遛弯。波比正看得入迷，突然走过来一位面色凝重的女士，黑色的臂弯里抱着一束麝香百合，打开了边门。她那宽大的维多利亚式裙摆刚好从波比身上拂过，等波比从裙摆下露出来时，它发现大门留了条小缝。于是它用鼻子和爪子把门缝扒拉开一点儿，便钻了出去。它扬扬得意地跟在军队的后面，一会儿又跑到队伍的两翼，一溜儿跑到了伯勒缪尔。

自老乔克去世，冷山农场的农夫不再强求它留在山里起，波比还从没有在这条曾经熟悉的路上往回走过这么远。它一开始还没怎么认出来这条路，因为爱丁堡周边的大路看起来都长一个样。但是唯有这条路开始往上走。它努力地往上爬呀爬呀，辛苦地走上了两英里，来到山顶的费尔迈尔希德收费站。就是从那里开始，它凭着声音及气味把这条路与别的路区别开来。

出城五英里后,行军操练喊停,士兵们纷纷躺倒在山坡上。波比有过好多次跟随行军队伍的经历了,知道他们在返回前会有一段休息时间,于是把鼻子挨近地面,沿着山坡往上走去,开始了对老地方的朝圣之旅。一路上总能听到人的喊叫、柯利犬的吠叫与羊群的咩咩声,和老乔克在世时自己童年时代见过的情景并无二致。有一回迎面来了一大群羊,它不得不离开路面让它们先过去。赶羊群的是一位老苦力,戴一顶灰色粗呢绒帽,身披牧羊人的双层大披风,披风的口袋里还放着一只小羊羔。波比颤抖着看着那位牧羊老人,嗅了嗅他脚上的那双钉靴,然后耷拉着脑袋和尾巴,朝山坡上跑去。

冷山农场的牧羊人和牧羊犬都去那些起起伏伏的山间草场了,只留下建在平地上的那座农舍,看起来静悄悄的,宛如沉浸在波比的回忆里。几分钟前,一个高个女孩从中走出来听军乐。在她眼中,几百英尺以下的山坡上那些鲜红的军大衣,看起来就像罂粟花一样,纷繁地散落在石楠丛上。山顶的风还是很冷的,于是她又走了回去,绕到房子旁边一个背风的小花园里去了。小姑娘埃尔西依然是个梳着辫子、穿着短裙的孩子,依然对石楠花和野菊花情有独钟。

波比去看了养羊场、养牛场及牛舍，在牛舍旁停留了一会儿，因为以前老乔克经常在安息日下午跟它在那儿玩。他还看了制酪场和鸡圈，鸡圈里的母鸡正在窝里孵蛋。后来它绕着房子走的时候，撞见了正在清理花坛的小姑娘。小狗的外貌变化不大，而八年半的时间里，这个孩子已经变得让它认不出来了。波比礼貌地叫了一声，想让这位陌生的姑娘知道它的存在。下一秒它便认出了她，因为她喜出望外地边跑过来边叫道：

"哦，波比！你回来了？妈妈，我的小波比回来了！"她从没放弃过希望，总觉得这只可爱的小宠物有一天会回到她身边。

"你又胡说了，孩子。你只要见到只高地梗犬，就会把它当成波比。周围那样的小狗多的是。"

女主人从山形墙陡坡上的阁楼窗户探出头来看了一眼，便匆忙地来到楼下。"嗯，这次你说对了，埃尔西。它肯定是跟着城堡的军团过来的，小狗跟男孩子们对士兵都着迷得很。它看起来很漂亮，肯定是得到了很好的照顾。不知道它是不是还住在那座宏伟的老教堂。"

波比依然记得小姑娘很喜欢它，于是警觉地跟她保持着安全距离，不过它坐了下来，伸着舌头，表现出很乐意拜访一下老朋友的样子。小姑娘由此得出了一个错误的结论:"既然它是自己主动回来的,那么它肯定愿意留下的。"她那蓝色的眼眸如天上的星星一样耀眼。

"俺可不这么想,孩子。我也不敢把它关起来了。它要是想出去,连石头地儿都能挖得动。你看看,这只漂亮的小狗为老乔克伤心成什么样。"

是的,波比一进厨房,直奔角落里那把椅子,在它下面躺了下去。埃尔西在波比身边坐下来,就像以前那样。她眼睛里流露出的深切同情让这位母亲不安起来。这可不行!

"孩子,你记不记得,波比很爱吃煎的红松鸡蛋加奶酪?它肯定很久没吃过了。说不定你可以凭这一点,把它从那座雾蒙蒙的老城里给争取回来呢。带它到外面的山坡上去跑跑,叫它去荆豆丛里找找红松鸡的窝。"

不一会儿,他们便来到了石楠遍布的山坡上。看起来,波比真的有可能会被争取回来。它跟在埃尔西脚边,欢快地嬉戏,汪汪直叫;一会儿追野兔,一会儿冲散红松鸡群;后来还跳进了一个黑乎乎的、边上长满青苔的泥炭小湖,洗了个痛快淋漓的冷水澡,比在洗衣盆中的热肥皂水里洗澡可爽多了。它又是摇又是跑地把自己弄干,追着咯咯笑的小姑娘跑了好一阵子,直到他们两个都气喘吁吁地躺在了随风起伏的石楠丛上。后来它在荆豆丛下找到了一些红松鸡的窝，每个窝里有十来个蛋。它用嘴巴从每个窝里都只叼出一个蛋，这是老乔克教它这么做的。在厨房的炉火前，它津津有味地享用了可口的食物，尾巴殷勤地摇个不停。但是下面士兵列队的军号一吹响，它立刻竖起原本垂下的双耳，朝门口走去。

它还没搞明白是怎么一回事，就已经被关进了鸡舍里面。下一秒钟，它开始对着门缝下的泥土地疯狂地刨起来。小姑娘突然在门缝外面蹲了下来，它错愕地停住了。嗅觉告诉它是什么把门缝的那道光挡住了；情况就是再紧急，小狗也不会把孩子那柔软的身体当成是攻击的目标。下面传来了有节奏的鼓点，军队已经行进起来，不能再耽搁了。为了能赶快出去，它做了一件不可以做的事：在黑暗的鸡舍里拼命地乱跑乱叫。鸡舍随之乱作一团，满耳都是"咯咯咯咯"的鸡叫声及它们扑棱翅膀的声音。女主人慌乱地从房子里跑了过来。

"孩子，不能把小狗关在这里，母鸡们正在孵蛋呢。"

她把门大大地打开。波比冲了出去，却被埃尔西伸手抓了个正着。她竭尽全力地抱紧它，不让拼命挣扎着想逃离的它得逞。挣扎中，它脖子上乱蓬蓬的被毛上一块亮闪闪的东西露了出来。过来给女儿帮忙的女主人读了读那块铜牌上的铭文。

第十章 迷失城堡

"上帝呀！孩子，这只狗被市长领养了，还用那座老教堂的名字起了个名字。它的主人好尊贵啊。可怜的孩子，别哭得这么伤心了！"小女孩突然放开了这只高地犬，趴在母亲肩头抽泣起来。

"它不再属于我了！"小女孩伤心地说道。小狗朝山坡下飞奔而去，她连看都不忍心看一眼。

队伍出城时，后面跟了很多的男孩、很多的狗，因此波比并未引起谁的注意。但他们中大多数都去斯旺斯顿谷地探险了，然后经由利斯河谷返城。此刻，唯有波比还跟着行军队伍，已走过三英里路了。它在田野上兜着大圈奔跑，在树篱下打滚，扑扑腾腾地游过小溪，追得麻鹬们厉声尖叫，兴高采烈地又叫又跳，引得许多双眼睛对它投去赞赏的眼光，连闷闷不乐的人也因为它而扬起了嘴角。这只小狗只管自己撒欢，哪会想到这种快乐也会传染给别人呢？

如果部队是穿过乔治四世大桥返回，那么毫无疑问，波比便会离开他们，然后到特雷尔先生的店里去或是直接回到墓园。但是部队到伯勒缪尔后却往东行进，绕过亚瑟宝座山，到达皮尔斯山上的军营与那里正在训练的骑兵会合。骑兵加上步兵，那美妙的场面足以令一只梗犬热血沸腾。步兵在前，骑兵在后，当这支浩浩荡荡的队伍穿过修士门，沿着高街行进时，军乐队的演奏达到白热化。古老的大道两边，迅速挤满了喝彩的人群，就连住在街边十层楼上的人们也都纷纷俯瞰这壮观的场面。波比经过大桥引桥时完全没留意，等到了城堡山上后才知道来到了一个陌生的地方。在那里，街道的尽头变得很宽，形成了城堡前那宽阔的广场。骑兵掉过头，沿着高街飞奔而去，而步兵则继续往前，过了已干涸的中世纪城壕上的吊桥，走进了高高的石头拱门。

城堡的入口比爱丁堡市许多窄巷的入口都要宽一些。波比停住了脚步，它不确定这条弯向右边的上坡窄道通往哪里。这条通道跟市区里楼群间的狭窄通道不同，其外端是一堵凿了很多射弹孔的城墙，里面却是上坡的石阶。头顶的岩架上，但凡宽度够，便安装了一架架大炮。阳光照下来，那些抛过光的铜铁上反射出的光令波比头晕目眩。它在尘土飞扬的路面上打着转，活像一台旋转式扫地机。在它身后，大门左侧的半月形炮台上，报时大炮突然发射，震颤着庞大的岩石工事。它随之吠叫一声。

它朝着气人的炮声冲过去，汪汪地叫个不停。面对高高在上的庞然大物，这只胆大的小狗为自己所受到的莫大伤害而奋起抗议，这情景令边上的卫兵忍俊不禁，其他卫兵听到动静也都从大门两侧的守卫室里走了出来。他们准备把这只吵闹的梗犬赶走，谁知波比跑开了，沿着那条弯曲的窄道进入了城堡。军乐停了,士兵们走上去后便消失不见。波比穿过几个黑漆漆的石拱门,来到了山顶。山顶上有两条路可以走:一条是环绕着通往军营的路;另一条是岩架上凿出的一段陡峭石阶,通往国王的堡垒。波比连跳几下便登上了那段石阶。

顶上除了一座古老的石砌小教堂①外什么都没有。小教堂有着诺曼式的石雕门廊,前面有一尊巨型的加农炮守护着。这些历史古迹是城堡防御工事中的瑰宝,其历史渊源也只在传奇故事中尚有迹可循,因此得到了至高无上的保护。隶属于皇家工兵部队的斯科特中士,身着工作服,正站在圣玛格丽特礼拜堂前,从墙根的缝隙里拔一撮草。时代变化,世事更迭,而顽强的野草却暗自生生不息。波比冲到城堡顶上时,依然没有停止吠叫,惊得中士一下子直起了身。他一拍大腿,不禁笑了。他抓起这只义愤填膺的小狗,把它放到了蒙斯·梅格大炮那损毁的后膛上,端详起来。

"天哪!这小狗自己来了!看来还是那群英俊的兵哥哥更有魅力啊。"

他转身去收拾自己的工具,因为午饭的号声吹响了。

---

① 这里的小教堂指爱丁堡城堡上的圣玛格丽特礼拜堂,它是苏格兰爱丁堡现存最古老的建筑物,被列为英国一级保护建筑。这里提到的巨型大炮名叫蒙斯·梅格,下文中将提及。

波比知道，大炮响过就是午饭时间了，不过它在农场里吃过了，现在一点儿都不饿，刚好可以趁此机会多体验一下生活。它坐在加农炮上，悠闲地吐着舌头，完全不知道能坐在这架大炮上有多么荣耀。

爱丁堡城堡上并没有什么会让它大惊小怪的东西。

十来座大型建筑，在最低那层平台的南面和西面，坐落着三至四组共计十来座大型建筑，每一组分别属于不同时期的建筑风格，每座建筑周围都有片开阔的园地。最大的那幢建筑是一座长长的四层楼的军营，之前列队的士兵们便都是进了这座大楼。此刻，军号又一次吹响，四五十个勤务兵从靠近城堡顶部的一个现代化厨房里匆匆走了下来，他们拎着一桶一桶的汤、肉和土豆。中士跟着其中一位进入位于兵营大楼前部的一个房间。在长桌前就餐的十六名兵士，都换上了哔叽面料的工装，跟列队行军时的装束天差地别，好像那些红色、金色的花蝴蝶被打回了毛毛虫的原形。

"列兵麦克林，"中士跟负责看管他的个人物品的勤务兵说道，"看好这只狗，好吗？你去我住处整理东西时，把它带到士官餐厅去。"

他还没来得及回答关于波比的一沓子问题，门又被打开了。就餐的士兵们放下刀叉，立正站好。当天值班的军官正在对四五十个这样的部队餐厅进行走访,调查士兵们对午餐是否满意。他立马认出,这只帅气的小梗犬正是跟着行军队伍的那只引人注目的小狗,于是问起了它。斯科特中士解释说,波比并没有主人。它获准生活在格雷弗莱尔教堂墓园里,一直守护着去世好多年的身份卑微的主人,墓园大门旁边的餐馆老板经常喂东西给它吃。如果这只小狗喜欢这里的部队生活,而士兵们也喜欢它,那么对它最有发言权的特雷尔先生或许会同意把波比交到城堡来。等日落时分的训话仪式结束后,他将亲自带波比到那个餐馆去问一问。

"祝你好运,中士。"军官吹了声口哨,波比应声跳到他身上又跳了下去,任性地好一通嬉闹。"带它回家前,晚饭时送它到军官餐厅去一趟。今晚是嘉宾之夜,它一定不会令那些绅士们失望的。为死去的主人守了八年多墓地,如此忠诚的一只小狗,值得让女王陛下的军官们敬它一杯。不过这故事太不同寻常,听起来难免让人觉得不真实。你这讨人爱的小鬼头!"他亲切地拍了拍波比,离开了。

波比的故事很快在军营里传播开来。一拨又一拨士兵从楼上拥下来,在门外的路上等着看它。列兵麦克林站在门里,叼着根短烟斗,心里颇为这只顽皮的小梗犬而骄傲,因为它每次老远就会热情地迎接人家的到来。波比的守护人本来特别喜欢坐在食堂前，一边晒太阳，一边对自己的这份美差津津乐道。不过等他到食堂楼上中士的住处后，就只剩下他和波比单独相处了。波比对房间里的盆盆罐罐十分感兴趣，对给军靴、纽扣及皮带做清洁、抛光、上光等一系列动作也是兴趣盎然。列兵在做这些家务事的时候，总唱着些粗鄙的民歌，还用脚打着拍子。他那嘶哑的凯尔特方言，对波比的祖先们来说恰恰是悦耳动听的音乐。波比跑到他跟前时，他给波比跳了一段高地舞，波比看得无比兴奋。中士上楼来为下午茶及傍晚进城而盥洗的时候，列兵激动地说道：

"阁下，这只狗真是机灵得很！"

在餐厅喝下午茶的士官们也都一致认为波比"真是机灵得很"。他们说话都很快，笑得也很大声，逗着波比使出身上所有的绝活儿，还教它说话，故意把一块糖放在它头顶上让它去够。他们都不去摸它，这种男人的粗糙的宠爱方式令波比颇为喜欢。穿着锃亮的军靴、拿着手杖的中士带着波比参观了城堡里一个又一个不寻常的地方，这对一只小狗来说是件值得骄傲的事情。

下午茶与夜间归营号之间这段时间，是部队官兵们的自由时间。很多士兵精心打扮一番，凭着表现良好而赢得的通行证，到市区去找乐子。游客们——其中一些来自美国——由老兵们带领着到处参观。中士跟着其中一个观光团穿过军械库后面的一扇小门来到了悬崖边。他走到圣玛格丽特井旁的一棵冷杉树下,坐下来休息,还掏出一支时髦的雪茄吸起来,而波比则好奇地探索着崖边步道,混迹于游客中。

城堡南北两面的城墙紧挨着悬崖绝壁的边而建。除了墙面里的炮口,再没别的出口。城堡西面没有城墙,而是野草覆盖的悬崖,稍稍没那么陡。斜坡上零星生长着榛木丛、荆棘、荆豆和蓟丛,间或有棵发育不良的冷杉、花楸或几棵白桦树顽强地扎根于凸出的岩壁上。游客中有人问,是否曾有人从这面荒坡逃出去过。

"有,玛格丽特皇后的孩子们,"导游答道,"他们的父王死于战争,他们圣洁的母后死在了避难所——为她而建的小教堂里。当时敌军正在城堡大门外猛攻,将士们用篮筐把皇后的尸体从这里的悬崖运送下去,还把她的孤儿们也安全地送了下去,然后趁着大雾,将他们用"皇后"号渡轮运到了丹弗姆林地区的法夫王国。"这里地势险峻,稍有不慎便会摔个粉身碎骨。游客中的一位绅士并不相信这个传说。他认为这面悬崖太危险了,只有狐狸或高山羚羊才能下得去。

波比昂着头,认真地听着这个话题。它模模糊糊地听到大家好像在说下去，可能就以为是他们要从那里走下去，于是安静地从悬崖边上跳下去，结果连连滚落了十英尺，才在一处榛木丛里停住了。一位女士吓得惊叫一声。波比正了正身子，愉快地叫了几声让大家放心。中士跳了起来，吼着叫它回来。

虽然中士已经是很好的伙伴，这一点毫无疑问，但它不必遵循他的命令。波比继续叫着，摇着尾巴，又下去了一点儿。人们站在悬崖边上，看着小狗小心翼翼地往下走去，真有点胆战心惊。不一会儿，它望着直落二十英尺的一段绝壁，终于掉转头，爬了回来。女士们报以歇斯底里的欢呼与喝彩，而中士却批评了它的愚蠢行为。对于中士的批评，波比只是打打哈欠，伸伸舌头，那无聊而淡漠的态度好像在说别太小题大做了。一位绅士看到这一幕，竭力掩饰着自己的不安，附和道，狗这种动物就是没大脑。中士命令波比走在他前面，重回那扇小门，它乖乖地顺从了。

整个下午号声不断。每吹一次，都是不同的信号。身着制服的士兵们听到号声，便出发赶往新的地点。现在已是日落时分，到了军官们为第二天训话的时间。中士把波比放在圣玛格丽特礼拜堂，叫它待在那里，自己则赶往下面的大院里去。把它放在山巅的礼拜堂，是因为回去的路上顺便就能把它接走。他晚上打算在特雷尔先生的店里好

第十章 迷失城堡

好吃一顿，同时好好跟他讨要波比。

进去十来个人就会把这座古老的礼拜堂挤得满满的。尽管它很小，但却设了一个高高的洗礼台及洗礼盆，为城堡里出生的婴儿进行洗礼。圣坛上面，美丽的花窗玻璃上描绘着一位圣洁的王后。阳光透过彩色的玻璃倾泻到石砌地面上，平添了许多宝石般斑斓的色彩。那样的光彩渐渐褪去，神圣的礼拜堂更加肃穆，太阳在西面的丘陵后落了下去。

波比想起该回家了。白天，它总想到很远的地方去玩，可太阳一下山，它就渴望回到墓园里那座坟边去。在礼拜堂门口，可以一览无余地望见那段进入城堡的台阶。波比下了楼，拐进了城堡的主干道上。在横跨主干道的第一道拱门前，一位红衣卫兵正在大门的另一侧踱步。这道门直到九点半归营号吹过后才会上锁，但是没有通行证，任何人不得出入。波比跳到路栅上叫了几声，好像在说："别拦我，伙计。我必须得出去。"

哨兵停下脚步，伸出双臂挡住这只蛮横的小梗犬，并开玩笑地问它有没有通行证。波比气得毛都竖起来了，冲他嗷嗷直叫。哨兵却被逗乐了。站岗的工作枯燥乏味，有点小插曲反倒是种放松。波比进入城堡时，他正在卫兵室里睡觉，所以没见过它，也完全没听说过它。他想这小狗可能是某位军官夫人的宠物。没有命令,他不敢放波比出去。波比气呼呼地在门前又抓又扒,都是徒劳;哨兵则亮出刺刀,故意逗它玩。过了一会儿,哨兵不想玩了,便转身踱到了一边儿。

波比纯粹出于好奇而停下了吠叫。它盯着那个转身走去的倔强身影,内心很是害怕,自己竟然出不去了。它朝石头路障撞去,立刻感觉到这障碍不可破,于是号叫起来。哨兵倒是回来了,但是看都没看它一眼便走了过去。它啜泣几声,往回走去。路很黑,暮色已经笼罩了整座城堡。波比爬上城堡之巅,从那里下到了灯火通明的广场上。

大桥上的煤油灯一盏接一盏地被点亮起来。特雷尔先生正在换衣服,打算到布朗先生那里去。这时候,塔米突然来了。这个跛脚男孩看起来热情洋溢、精神振奋,这是因为那悲惨的生活有了爱的浸润,在格雷弗莱尔教堂附近的廉租楼里开出了奇迹之花。

"特雷尔先生,布朗夫太太请您把波比送回去,她丈夫急着要见到它。教堂门口来了很多附近的人,都想看看波比的漂亮项圈。他们不相信市长亲自给它颁了准养证,除非能亲眼看看那个项圈。"

"哎哟,孩子,波比不在我这儿。它肯定在墓园吧。"

"不,没在。我叫过它,艾莉每个石头缝都找过了,

第十章 迷失城堡

都没有。"

他俩互相盯着对方，店主一脸严肃，而小男孩的嘴唇开始抖个不停。特雷尔先生之前在外面忙各种事，直到下午半晌时才回店里。他想当然地以为波比还跟往常一样，到店里吃过午饭便回墓园了。店里好像没人见过小狗来，大家都以为是特雷尔先生把它带走了。他急匆匆地朝墓园大门走去，在小门旁边找到了珍妮太太。门口站满了来自附近廉租楼的妇女及孩子们，整个蜡烛制造商业街也都是人头攒动。恐慌像传染病一样迅速蔓延。八年多来，只要日暮时分的军号吹过，波比一定会回到墓园。布朗太太急得脸色发白。

"小狗不是丢了吧，特雷尔先生？俺家那老头子不定怎么难受呢。"

"净瞎说，它不会丢的。"特雷尔先生坚定地说，"回屋去吧，跟布朗先生说我——嗯，我还是自己过去一趟吧。"他佯装愉快而自信地走进石屋，迎接他的是布朗先生那灼灼的目光。

"伙计，小狗呢？俺一整天都没听到它的动静了，也没见着它那可爱的模样，更别说市长颁给它的那个好项圈了。不断有人到墓园来看波比，墓园都装不下了，好像巫士变的魔法似的。波比不是你的狗——"

"老兄,你先停一停。波比可是出名了,有在爱丁堡自由活动的权利了。格兰诺米斯顿非要带它到自己的乡间领地去,给一些尊贵的客人看看。他要派一辆马车来接。俺会护送它过去,然后在奢华的晚宴后把它送回家。孩子们是一片好意,不过他们给波比的梳洗效果没那么好,毕竟是去见贵族的嘛。俺得带它到理发店里让人用香波给它好好洗洗。"

布朗先生哈哈大笑起来。"伙计,你的鬼点子就是多。到理发店去,那你得花上一两个先令呢,波比也得好好待着不能乱动。快坐下来,跟俺说说项圈的事。"

"俺这会儿没空跟你磨嘴皮子。女主人来了,俺帮她把你弄到床上吧。"

他回到大门口时,天已经黑透,城堡的金顶一片辉煌。街灯映照出一张张焦急的脸庞。有些孩子开始哭起来,女人们大声地讨论着,有的猜测说波比被路上的马车给碾死了,还有的则气愤地说它可能是被谁偷走了。艾莉哭着说道:

"特雷尔先生,小狗肯定是死了。"

"胡说!别犯傻,姑娘。波比不会死的。它肯定在墓园的某个角落里躲着。有可能是在逮老鼠或斗野猫时伤到了自己,你知道它是不会在墓园里出声的。得行动起来,别光站着哭,说一堆废话。母亲和孩子们都别乱猜了,赶紧回家，有蜡烛的点蜡烛，有煤油灯的点灯，然后把它们放在朝着墓园的窗台上。教堂里总是黑漆漆的，没有灯光，即使是头牛也难找到。"

人群一下子散开了，为找到这只属于整个社区的宠物，他们都很想出一把力。特雷尔先生又转向那些小伙子们说：

"你们谁有牛眼灯？"

牛眼灯在教堂周边这些地方可真不多见。这种表面上漆的铁皮灯是秋天夜里到高尔夫球场上探险用的，每个要六便士，很耗蜡烛。乔迪·罗斯和桑迪·麦格雷戈齐齐走上前来，说知道有几个同学及同事还留着这种童年时挚爱的工具。由胆大的带头，十来个男孩子拥进了墓园里。

廉租楼上很久没有如此灯火通明了，宛如回到了以前贵族们举行盛大宴会及舞会时的光景。蜡烛与煤油灯的烟火到处可见，烧掉的蜡烛及灯油的费用足够为波比再缴一次准养证费了。孩子们在黑暗中仔细寻找，一张张惨白的小脸上散发着爱的光芒，这光芒足以照亮世界上最阴暗的心灵。牛眼灯的光束照进了每一处隐蔽的角落及每一条狭窄的缝隙。瘦小孩甚至把身子挤进逼仄的空隙去查看，孩子们有爬到高高的墓碑顶上去找的，有钻进枯掉的牛蒡丛及藤蔓中去找的。这一切都是悄无声息地进行着的，唯有特雷尔先生会说话，他跟孩子们一起四处查看，边找边叫：

"你在哪儿,波比?快出来呀,小家伙!"

但是再深情的召唤也没把那只毛茸茸的小狗给喊出来。春天的夜晚温暖而静谧,连树叶的沙沙声都很少听到,因此哪怕是最小的动作、最轻的声响都能被人察觉。树枝上栖息的鸟儿不高兴人们打搅了自己的睡意,轻声咕哝着;老鼠吱吱叫着循路而逃。整个墓园都找遍了,只剩下那两座教堂里面了。特雷尔先生去石屋取钥匙,侥幸地想着会不会是教堂司事没留意把波比锁在里面了。年轻人拎着煤油灯在廉租楼的院子里、格拉斯集市周围及大桥的拱洞下四处寻找,男孩子们则翻过围墙跳到赫里奥特的操场上去寻找,一直找到洛里斯顿集市。塔米很清楚自己帮不上什么忙,伤心地坐在老乔克的墓上等着,坚信波比一定会自己回到那里。还有艾莉,哭个不停,在窗台上或窗边的墓碑顶上软绵绵地瘫坐着,伤心不已。

特雷尔先生忧心忡忡。除了死和石墙没有什么可以阻挡波比回到它挚爱的坟墓旁。他虽然想到了石墙,却根本没联想到城堡。卫戍部队经过时,他去了东面的布洛顿市场,等部队返回时,他又在洛里斯顿集市,所以他根本不知道有部队出过城。珍妮太太一直在屋子里忙活,也没出去看军队的行军操练。除了布朗先生,没有人知道军装、行军及军乐对波比有多么大的吸引力。

第十章 迷失城堡

浓雾开始从海上吹过来。突然之间，草地上像是铺了一层被褥，一座座坟墓迷蒙起来，明亮的廉租楼好似蒙上了一层薄纱。城堡的金顶消失不见，归营的鼓声与军号声在浓雾中减弱了许多，仿佛被厚厚的羊绒过滤了一般。牛眼灯只剩小小的一片光晕，失去了威力。取而代之的是闪烁的磷火，苏格兰人都知道，那是古墓园里的精灵们出来跳舞了。

这一点儿都不好玩。几个小男孩在浓雾里迷了路，大声喊叫起来。特雷尔先生找到他们后，把他们送到了大门口，让他们三五成群地在大学生的护送下回家去了。珍妮太太等在边门旁。布朗先生睡着后，用她的话说，就是"不忍心舒服地在屋里坐着"。听到福斯港里传来的雾角①声时，她不禁啜泣起来。特雷尔先生竭力安慰着她，跟她说了第二天寻找小狗的一揽子方法。他们扶着墙壁，特雷尔先生把她送回了小屋。他自己也是摸索着墙壁才回到了舒适的餐厅里。

自玛丽皇后以来，这座有历史意义的古老教堂破天荒地第一次整夜未锁。这是因为，小狗要是夜里回来，不至于会被挡在外面。

---

① 雾角：航海学用语，是指对船只发出的浓雾信号。

第十一章　悬崖逃生

从中士把波比放在圣玛格丽特礼拜堂开始,已经过去两个多小时了。中士走进军官餐厅,竭力想找个勤务兵去给之前在军营见过波比的那个上尉传句话。他要报告波比找不到了,想请假去继续寻找。

里面正在向女王陛下祝酒,围屏后的乐队演奏着《天佑女王》,他不得不在门外候着。演奏结束后,乐队指挥走出来谢幕。

虽然才四月中旬,但晚上已很暖和,而且没风,因此平台上的玻璃门微微开着在通风。宾客们来回走动交谈着,没人注意到从门缝探进来一个小脑袋。波比狐疑地暗中打量着里面二十多号人,只要稍有动静,便打算逃之夭夭。形势紧迫,绝望中波比来到了这里。它逃离城堡的每一次尝试都以失败告终。它曾在健身房被年轻的鼓手及新兵们关起来过,在军医院被扣留过,在食堂里被抓住过。

波比把自己所有的本领都表演给这些小伙子们看,乞求他们把自己放出去,结果却是被嘲笑、被戏弄、被向后拖着走、被扔进泳池里,还要它继续嬉戏与表演。最后它开始了反抗,用爪子拼命地抓门,放声哀号。那些人听到勤务兵班长的脚步声,火速赶走了它,让它备受惊吓。在旧的宴会大厅,当时是作为医院和药房在用,它又一次强颜欢笑地表演了自己的拿手好戏,想以此换取自由。

最后它却因为乱抓乱撞和凄凉的哀号受到了严厉的呵责,被赶出了医院。它奔跑着穿过大院,碰见了一群在食堂里休息的好脾气的士兵。在它立起身乞求人家的注意与怜爱时,不知不觉被一名士兵从背后抱了起来。那个士兵很喜欢它,想逗逗它。可情急之下,它朝那人的手上猛咬了一口,然后从最近的一个出口夺路而逃。只听得那人疼得哇哇乱叫,又有人在后面边喊边追它,它吓得偷偷躲进了中世纪所建的地牢中——就在皇室寝宫下面,并藏在了最里面的角落里。

直到觉得人家不再找它,它才从藏身之处溜了出来,然后经过一道镰刀状的岩架,在半月形炮台上那一尊尊大炮底下钻过去,来到了城堡最外面的那道大门。恐怕也只

有猫、狐狸或矮矮的像鼬鼠一样的小狗才能那么干。这只善于观察的小东西根据多处细节认出，自己就是从这道屏障进入城堡的。自然它对这道壁垒发起了猛烈的攻击，还不遗余力地给哨兵们表演了各种绝技。但是除了被逗弄，它还以行为越矩的罪名被关进了守卫室。它失望透顶，哀号着逃出了那些人的"魔掌"，又从一尊尊大炮底下钻回去，原路返回了城堡中。

　　从人类那里得到善意援助的愿望落空了，它开始了悄无声息的行动。它竭力避开亮灯的建筑及有人说话的地方，专拣黑灯瞎火的地方走，遛着坚固的石砌墙不断摸索。它一次又一次走到军械库的那个后门，可是这扇通往悬崖的小门都没开。有一回,它爬到了防御工事上的一个射炮口上,从那儿望到了市区的点点灯火,散落在空旷的夜色中。但是,要从那里跳下去,它还是怕的。

过了没多久,波比发现有人在找自己。很多士兵和鼓手们听了中士气愤的一通解释后,十分懊悔,都出来寻找它。因此不管波比走到哪里,总能听到有人呼喊自己的名字。如果中士是独自找它,用它熟悉的声音叫"出来呀,波比",那么它应该会走上前去。但现在是那么多人都在喊它——有用英语的,有用凯尔特语的,还有用别的方言的,它不敢贸然相信他们。恐惧驱使着它不停地变换方位,等终于听不到人们喊着找它的时候,它便在一个可以观察到那扇小门的地方卧了下去。谁知它刚放弃希望,离开那里,那扇小门便被打开了。

绝望中,它打算再一次求助于人。它爬到军营大楼上面的平台上,躲进了古老的总督府的阴影里。这总督府是少尉以上军官的总部。它卧在餐厅那扇微开的玻璃门附近,侧耳倾听,注视着里面的一举一动。

众人都回到了餐桌边上,优雅地向乐队指挥举杯。指挥退席时,大家都礼貌地暂停了一会儿交谈。上尉趁这个空当说起了波比,而中士随后汇报了消息。

"先生们,耽误大家一点儿时间,让我们为一只小狗再次举杯。这只生活在格雷弗莱尔教堂的小狗为主人守墓已八年有余。皇家工兵部队的斯科特中士能够证实这个感人的故事,并为大家带来了这个小英雄。"

中士走过去报告了波比找不到的消息。它还在城堡,却不知躲在何处。为了能离开城堡,它曾做了坚持不懈的努力和斗争,却处处碰壁,好几次在不同地方都被好心却鲁莽的士兵们强制关起来过,所以吓得躲起来了。

波比听到了他们所说的每一句话,它肯定明白他们是在讨论关于自己的事。它时而充满希冀,时而满腹疑虑,打量着房间里每一张可以看到的脸,直到被其中的一张脸所深深吸引。那样的脸上,洋溢着对不能言语的动物们的理解、热爱与同情;那样的脸,不管是在男人、女人或是孩子中都能找得到,在世界的任何角落、任何人种中都存在着。波比凭借狗的本能,认为那人是位爱狗人士,于是悄无声息地走进房间,来到那个人身边,把毛茸茸的一对儿短腿搭到了那人的膝盖上。

"我的天哪!先生们,这就是那只小狗吧?垂耳斯凯梗犬,这么漂亮的品种!你怎么不早说那小狗是只高地犬呢,中士?只要是斯凯梗犬,不管人们说它怎么忠诚,怎么有感情,你都不必怀疑。"

说着他把波比放在了光洁的桌面上。它那银色的被毛在烛光与亮闪闪的餐盘衬托下散发出夺目的光芒。它时刻与这位保护者保持着很近的距离，等待时机去提出自己的诉求。众人兴趣盎然地围拢过来，听这位专业的爱狗人士发表的关于波比的高见。

"大家看，它是只发育很好的小淘气，体长，个儿矮，勇敢且健壮。它的祖先生活在亚北极山石嶙峋的小岛上，是专门用来猎取狐狸与野猫的。这种品种的狗，你再怎么说它聪明、勇敢、有感情，都不为过。经过世代杂交，它们演变得更漂亮、更优雅、更加吸引人了，正如眼前的这只。在农场上干活的所有狗类中，这种狗可以说是尤其擅长'户外运动'的品种。再看看它那细长、坚挺的鼻口。这种狗意志特别坚强，你就是扭断了它的脖子也别想摧毁它的意志。为了守护死去的主人，它宁可饿死，就是让它去死，它也毫不犹豫。"

那个人一边说话一边轻抚着波比的头和脖颈。摸到它被毛下的项圈时，他把项圈取了下来，拿到灯光底下看了看那块铜牌上写的字。

"我提议为格雷弗莱尔·波比举杯，上尉。连市长都在为它的事迹作证。看来这只小狗赢得了一枚狗界的十字勋章。"

大家站着为波比祝酒并喝彩后，都凑过去仔细看那个项圈,并和波比伸出的小爪子握了握。波比认为时机到了,于是起身做乞求状,接着又扑倒在地,并发出了请求的叫声。它的这位新朋友跟它保证,说一定会送它回家。

"等一会儿,波比。趁它还没离开,我想让大家再看看它那漂亮的眼睛。脸上有饰毛的狗类中,它们脸上的毛通常会被泪渍侵蚀而掉色,但是斯凯梗犬不会,它们的眼睛就像活的珠宝,宛如烟晶一般璀璨,又柔情又深邃,透出简直跟人类一样的智慧光芒。"

那一天波比的眼帘第三次被撩起。那个爱狗之人看了一眼大惊失色,马上把饰毛放了下去。

"赶快把它送回墓园吧,要不然它会死的。它那宝石般的眼睛里全是哀伤。"

众人静了下来,那位高级军官严厉地说:"立刻把它送下山去,中士。这件事情真的很不幸,代我向墓园和餐厅的人道歉,你自己也要向他们道歉。我会去见市长的。"

中士冲波比叫道:"快走,波比。我现在就送你回老乔克的墓去。"波比听后便从桌子上跳了下去,众人都向波比行了个军礼。

中士走出去,站在草坪上等人去取自己的通行证。波比站在他脚边,战栗着,迫不及待地要离开,不过它相信这个人会说话算话。空气十分清洌,夜空中繁星点点。

第十一章 悬崖逃生

二十分钟前，还能看到引导船只进入福斯港的灯塔"五月之光"远远地矗立在海边；在宛如流星光芒的天光里，城市四周的灯火渐渐微弱。而此刻，夜空中的繁星依然灿烂，下面的城市灯火却已消失不见。中士极目远眺，连最高处的灯火也已被升腾的浓雾遮蔽起来，海岛淹没在一片奶白色的云雾之海中。

中士吃惊地叫出了声，其他人都走出来到平台上观望。那位高级军官手里握着通行证，思索着到底还要不要中士下山进城。归营的军鼓敲了起来，悦耳的军号声也音调渐高，士兵们朝着军营拥去。那些出城的士兵们跑步回到了城堡，大声地谈论着浓雾中路上的种种险境。中士低头看了看焦急的波比，只见它不耐烦地站在那里，好像在拼命挣脱身上的枷锁那样不安地躁动着，明显是在说它更想马上离开。

"不行！那太冒险了，中士，我不允许你去。这种天气，晚上在爱丁堡乱逛，是会出岔子的。客人们会在城堡留宿，这只小狗还是等到明天上午回去安全些。"

这位军官的英语非常标准，波比不是很懂，不过他那激昂的语气及事情的耽搁令波比忧虑起来。它哀怨地啜泣起来，趴在了中士的双脚上。隔着靴子，中士都能感觉到这个小生命的心跳。过了一会儿，波比站了起来，恳求地叫着。中士蹲下去，摸着它那毛毛的脑袋安慰它，解释道：

"听话啊。天气不好，我们谁都无法改变，你不要太难过。今晚我不能送你回墓园了。"

"我来负责波比吧，中士。"那位爱狗的宾客匆忙地跑过来说。但是，只听得一声满含责备与绝望的凄厉号叫，波比蹿了开去。

靠近悬崖的那道小门附近，站着一群出来观看漫天大雾的士兵。他们感到有什么东西从自己的脚边嗖地过去了，还看见了银色的一团东西飞快地穿过了步道。中士冲他们大叫"抓住它"，不过等他与那位爱狗的宾客跑到时，刚好看到波比跳下悬崖的那一刹。

有那么一会儿，这小狗就趴在一片榛木丛中，进退两难。它看到下面浓雾弥漫，上面人和灯在悬崖边不停移动着，还能听到他们在叫它。有人看见了它，中士在悬崖边上蹲下来，跟波比好说歹说了一大通劝它爬上去。之后有一个鼓手身上绑了绳子，被放下到崖壁上一处凸起的岩石上，要把波比逮回去。波比看了，一声不吭便往下跳去，消失在众人的视线中。

福斯港那巨大而深沉的雾角声刺破浓雾传了过来。什么都看不见；各种声音有了浓雾的包裹也都变得闷了许多，耳朵里像塞满了棉絮似的。但是还可以闻到气味，各种各样混杂的气味。小狗不知道自己的鼻子该凭借哪一种气味来辨路,气味太杂反倒让它开始怀疑起自己最信赖的这种感觉。周围有崖壁上各种植物的味道;有来自山脚下工艺品商店的皮革、油漆、木材、铁器等的味道;有皇家马厩街上马匹、干草、谷物的强烈味道与山谷建筑上烟囱释放出的烟味混杂的气味;还有啮齿类及鸟类的气味、喷涌的山泉与泥土本身的气息,以及巨大的火山岩中所蕴含的一种古老的余烬之味。

所有情形都在警示着波比:待在安全的地方别动,等待第二天早上一切恢复正常。但是啊,那座荒凉的坟墓透过旷野在向它召唤,保护所爱之人的迫切心情让它甘心去铤而走险。它落在了一处狭窄的岩坎上,弹起来掉在了荆棘丛中。它的身体擦伤了,浑身战栗着,眼冒金花。它在那里静躺了一会儿,努力辨认着方位。

它只知道要往下走。它伸出一只爪子,摸索着寻找岩坎的边儿。扎根在岩坎下的一丛荆棘撩了一下它的鼻子,于是它跳了下去,又挣扎着爬了出来。泥土在它挣扎时松动了,带着它迅速地下滑到一个新的坡度。它在山泉旁边那湿漉漉的苔藓上滑了一跤,才听到有泉水的叮咚声,结果没站稳,撞在了石头尖上。雾气往两边散开的一瞬,它隐约瞥见下面有一大棵冷杉,于是跳到了那棵冷杉扎根的岩架上。

　　它得不到任何指引，只能一步一步地往下挨。这种体长、个矮、能打洞的狗，天生就像狐狸那样善弹跳，在目力所及的范围内能准确地判断出距离，并以赶超猎物的速度在最崎岖的旷野上奔跑。而在陡峭的山坡上，只要不是垂直的绝壁，它们就能爬上爬下。在往下爬的过程中，它头朝下，一对前爪向前伸出，爪子紧紧地攀住凸出的岩石或者牢牢地抠进缝隙中，身体的重量则放在健壮的后半身，整个身体紧贴在山体上。

　　就这样，波比从陡峭的崖壁上安全地向下爬着，但是它的前爪被石头缝弄伤了，后爪也被岩石的裂片割破、被荆棘扎破了。有一次，它误入了一个岩洞，往里走了一段以后，不得不退了出来。之后又遭遇了一段横亘在下面的险坡，它不能后退，只得硬着头皮往下跳，结果在空中翻腾了好几圈才落地，差点没晕过去。它的内心对眼前这个被浓雾遮蔽的世界充满了恐惧。它在一片荆豆丛中躺了很久，或许还睡着过，甚至做了梦，后来内心那强烈的渴望又开始蠢蠢欲动，它还听到远处传来的一声狗叫，于是醒了过来。那狗的叫声是从下面传来的，感觉只有几英寻[①]的距离。它起身侧耳倾听，却一声也没再听到。它受伤的双

[①] 英寻：海洋测量中的深度单位，1英寻相当于1.8288米。

爪阵阵灼烧与刺痛着，腿上受伤的肌肉僵硬起来，每迈出一步都疼痛难忍。

在这离地面较近的坡上，空气中弥漫的烟尘更增加了大雾的浓度。突然一阵风吹开了浓雾，好似掀开了一道幕帘。波比如离弦的箭一般冲下山去，从一块石头跳到另一块石头，有时滚入荆棘丛或榛木林中，有时跌落在险峻的岩架上，直到遇上一段寸草不生的垂直崖壁。它毫不犹豫地就往下跳去，还好有一身厚厚的被毛保护，要不然骨头都要摔散架了。不过它努力想站起来时，却感觉身上疼得厉害，两条后腿也不听使唤了。

它快速地打着转，冲两条后腿又吼又咬，极其生气，那么好用的两条腿，怎么可以在这节骨眼上背叛自己那颗倔强的心呢？不过它很快便忘记了身上的疼痛，因为它听见了焊接铁器的刺耳声音，还瞥见了金属焊接时迸出的火花——一位铁匠一大早就起来忙活了。波比是只足智多谋的小狗，虽然后腿不管用了，但它还是有办法继续走下去。它侧躺下来，滚下了城堡山最后一段斜坡，然后从两幢建筑之间爬过，又从那两座建筑所在的平台上跳下去，落到了一条小街道的最西端，从那里下去便是格拉斯集市。

这里全是马厩的味道。它熟悉这条路，依然是下坡路。要到达目的地，它大概还要再走上四分之一英里的路，或再少一点儿。其中格拉斯集市所在的那条深谷中的一段路占去了路程的一大部分,那里地势比较平。此刻波比实际上是拖着脚步走的,到了蜡烛制造商业街那段湿滑的石子路上时,它不得不用两只前爪费力地把自己撑起来点儿。要不是墓园的大门没上锁,恐怕它只能趴在大门跟前了。结果它推了一下,门竟然开着,于是它拖着脚步进去,绕过教堂,在老乔克的墓上瘫倒下来。

黎明时分,薄雾笼罩,还是鸟儿们发现了它。它们都习惯了波比四下里蹦蹦跳跳的样子,因为这位小小的看守员总是和墓园里住的这些羽毛族类一样,早早地就起来忙活。不过,它毛茸茸、湿漉漉的,看起来就像一张在草地上过了夜的门垫似的,让它们都认不出来了。画眉跟云雀们都避着它,怕那是只活物;鹩鹑们抖抖羽毛,冲它尖叫两声,好像是想把它叫起来;一群蓝色的山雀在它头顶上飞来飞去,叽叽喳喳地叫得甚是好听,就是不敢太靠近它;还有一只知更鸟,停靠在老乔克墓上的玫瑰丛中昂头啁啾,好像在说:"如果它活着,那么听我唱歌,肯定会醒过来。"

由于波比始终没动,那只知更鸟便飞了下来,从各个角度对它仔细察看一番,并礼貌地询问了好几次,见它都没应答,于是断定从它身上取根银色的毛下来搭窝应该是安全的。不过感觉到它身上的体温及一个轻微的呼吸动作

第十一章 悬崖逃生

后,知更鸟吃了一惊,丢下那根闪闪发光的战利品,慌忙地飞走了。看到这一幕,所有鸟儿都惊叫起来,把塔米都给吵醒了。

在陈旧的坎伊纽克大楼上,从凸出来的一扇破窗望去,这个瘸腿儿的小伙子透过薄雾只能看到那些影影绰绰的墓碑及两座教堂那灰色的长墙。他把拐杖先扔下去,然后爬出来攀上一座墓顶。以前波比听到他走到石子路上拐杖发出的嘚嘚声后,总会一路跑着迎过来,摇头晃脑地表示欢迎。但是现在它却一动不动,甚至当那对瘦弱的胳膊努力地将它那沉甸甸的身体举在胸口时它也没动一下。塔米痛苦的哭声传遍了墓园。不一会儿,艾莉和珍妮太太也来到它身边。廉租楼上几十扇窗户纷纷打开,孩子们大声地往下询问:

"小狗回家了吗?"

是的,小狗回家了。但是人们连做梦都不会想到,它是从多么高的悬崖上冒着生命危险才回来的。而此刻,它的身体又在遭受多大的疼痛啊!

人们激动的议论声传进了坦普尔大楼上那开着的老虎窗里。乔迪·罗斯正在睡觉。他睡觉时也总是留意着外面的动静——天生做医生的料。他抓起一个急救箱,跑下回旋的楼梯,穿过格拉斯集市,来到了大门口,绕过教堂后,看见了一群女人和孩子乱作一团,正围着一只失去知觉的软绵绵的小狗哭。他取出一瓶药水，放在小狗的鼻子下面让它闻。它动了一下，又呻吟一声，醒了过来。

"把它平放下来。大家都别乱说话了。"这位年轻的准医生郑重其事地说，"波比没死。小伙子，你是个棒小伙，要控制好自己的情绪。来，托着波比的头。"接着，他用波比熟悉的方言说道："嘿，波比，张开小嘴儿，勇敢地把这药吃下去！"乔迪把一剂药倒进了波比的嘴里，它咽下去后便有了些精神。

"那么，来，跳起来吧，漂亮的小淘气！"

波比尽自己最大的努力想要跟着乔迪的指令跳。能回到家，又看到所有这些充满爱意的熟悉的面孔，它真是太高兴了。它身体的重心放在前爪上，因为高兴，它的后爪好像也生出了力量。不过当它试图站起来时，却疼得大叫一声又倒了下去，脸上的表情既满含歉意又十分羞愧，活像老乔克的模样。乔迪立刻明白过来。

"哦，它受伤了。让我们来看看这漂亮的小狗是哪里疼。"他沿着波比背上的分缝摸了摸，先看看脊柱是否受伤了，又突然捏了捏它后爪的脚掌。波比非常反感，立刻扭过头来责备地看着他。孩子们也很生气。乔迪却高兴地笑着说："不是瘫痪。"从教堂那边传来一阵急促的脚步声，他闻声转过头去。

"早上好,特雷尔先生。波比可能被车撞了,有点内伤。不过我看都是些扭伤或擦伤,爪子断了,脚趾也磨破了,感觉就像是从城堡山上跌下来的一样。"

这个猜测太离谱,连焦急的店主都笑了。随后他平静地说道:"你是个棒小伙,乔迪,也是个热心肠,不过你还不是真正的医生。如果你不介意,我想请我自己的医生给波比再看看。"

"当然,我不介意。"乔迪友善地说,"花四先令买个安心也值得。我准备去石屋给它准备一盆热的洗澡水,给它松松肌肉,然后再用一种药草煎水给它喝——野生动物都认识那种药草,身上疼了就会去找它的。"

乔迪愉快地离开了,珍妮太太那整洁的厨房也将随着他的到来变得凌乱而且难闻。孩子们也被说服,都回家去了,站在自家窗户边密切关注着事件的进程。那个医学生与孩子们刚离开,墓园大门便传来了很猛的开关声,一个人急匆匆地赶来了。那人正是一身帅气戎装的中士,他跑到躺在草丛中的波比身边蹲了下来。

"上帝啊!小狗回家了,居然还活着。主原谅我吧。"

"哦,伙计,你跟波比的不幸有啥干系?"

特雷尔先生用责备的目光看着中士,突然回想起他曾笑着威胁说要绑架波比。中士把波比从兴奋地跟随部队进入城堡直到跳崖逃脱的整个故事都讲了一遍，心中满是懊悔。

"那么，"他诚恳地说，"怎么才能让你心里舒服一点儿呢？我是赶紧回城堡去换上劳动服，不给这身军装抹黑，还是你把我带到伯勒缪尔去狠狠揍一顿？"

特雷尔先生耸耸肩，说："都没用，除了在你屁股后面踢你一脚，直接让你从福斯湾上空飞到法夫王国去。"

他生气地转过身，帮着乔迪把波比抬起来，放在布朗太太自己编织的炉前地毯上，然后把这临时担架抬到了石屋里。在厨房里，大家给小狗洗了洗澡，擦干后往它身上涂了药膏，之后又给它受伤的双脚做了清洁并涂上药膏，包扎后把波比用珍妮太太最好的法兰绒裙子包裹起来，放在了炉前地毯上。波比舒服得很，享用了肉汤加稀饭的早餐。

布朗先生听到大家忙活的声音，好奇得要命，一个劲儿地要求把自己从床上扶起来，见没人搭理他，便自己下了床，一瘸一拐地挪进了厨房，刚好特雷尔先生的私人医生也进来了。医生又检查了波比的脊柱，捏了捏尾巴跟趾头，检查了心脏，还把它身上所有柔软的部分都压了压、锤了捶，完全不顾小狗对此的激烈反对。

"除了些扭伤跟擦伤，小狗没什么大碍。大雾中从城堡山悬崖上爬下来的，是吗？真是个聪明且有胆量的家伙，继市长颁发的项圈之后,值得再授它一枚英雄勋章。干得好,罗斯先生。好好照顾它,只要一周左右,同样英勇的事它就可以再做一次了。"

布朗先生听完了波比的历险记,脸上的表情极其复杂。既有对城堡里那些人的憎恶,又为波比的勇敢无畏而自豪,还为前一天晚上自己被置身事外而愤愤不平。"特雷尔先生,这也太不靠谱了,你竟然对俺说瞎话。"他不满地说道。

"不想让你一个生病的人一晚上都过不好,只能对你撒谎。乔迪说过为了心安,花上四先令也值得。你看,我一分都没收你的。哎呀,你这人,太难让你满意了。"他走出小屋到园子里时,停下脚步回味起一件令他吃惊的事:医生说"干得好,罗斯先生"。"嗯,这些孩子们真是长大有本事了!我得跟乔迪提提这事。"

他又想起一件事,不禁笑出声来,赶紧动身去找中士了。中士还在湿漉漉的草地上踱步,一脸的不高兴,原本漂亮的一双军靴也已泥泞得不成样子。

"伙计,从八年前那个暴风雨的晚上开始,我不停地琢磨会不会还有像我那样好心办坏事的蠢人。你就是!所以,来吧,握握手,这件事从此咱们就不再提了。"

他并未解释自己那句话背后的故事,只是跟这位难过的士兵保证说波比伤得并不重,很快就会恢复如初。他们朝大门走去的时候，在教堂旁边遇到了一个陌生人，手里拿着一份报纸，正四处张望。那人问："请问你们知道那只小狗在哪儿吗？"看特雷尔先生一直盯着他，又耐心地解释说，"就是格雷弗莱尔·波比，市长赠予它一个项圈的那只小梗犬。你们还没看今天的《苏格兰人》报吧？"

店主还没看。报纸上刊登了波比的故事，标题中它的名字就占去了一个宽栏的四分之一。开头是这么写的："在市法院对一桩养狗案件的审理过程中，曝光了一桩不同寻常的趣事。"波比成名了，而特雷尔先生在报道中也披上了一身光环。他错愕地举起双手。

"这下全城都知道了，中士，"他转向那个陌生人，跟他说不能去见波比，"它昨天晚上从城堡山崖上爬下来时受伤了，现在正在石屋的看守人那里，看守人也病着——我怎么知道的？"他生气地说，"我就是特雷尔先生本人。"

他马上就后悔承认了这一点，因为自己不得不跟这位热忱的陌生人握起手来。把他送走后，大门口又来了一个人，坚持要到石屋去看看小英雄。事情到了这种地步，真让足智多谋的店主大伤脑筋。

"全爱丁堡的人都要来了，可怜的珍妮太太，恐怕她的耳朵都要被吵聋了。"然后他笑了起来，"你听过'理想的惩罚'这种说法吗，中士？它不是说你通过法律找回的那种正义。比如说，一个傲慢无礼、惯于对别人发号施令的军人结果却不得不听命于一个小小的店主，就属于'理想的惩罚'。你现在去圣吉尔斯大教堂内的警察局，请他们派一位警官来把守大门，专门回答所有访客的询问并阻止他们到石屋去。"

他自己则守在大门口，在中士回来之前足足打发了二十个访客。"理想的惩罚"这次又发生了。来了一位垂头丧气的警察，并得到指示说要听从特雷尔先生的一切安排。店主真是心花怒放。

"哦，戴维，真是'路必有弯，事必有变'呀。你今天一整天就站在这儿，跟来这儿想看小狗的每个人都这么说：'阁下，格雷弗莱尔·波比在墓园里生活了八年多了，附近餐馆的店主特雷尔先生一直为它提供食物。市法院驳回了那起案件。由于一两个多事的警察企图把这只斯凯梗犬给清理掉，所以市长亲自为它颁发了准养证。小狗跟重病的看守人待在一起，今天不方便探望。不过您可以绕过教堂，去瞧瞧小狗所守护的老乔克的坟墓。他的墓没有石碑，位置就在让·格兰特夫人那座倒塌的桌式墓旁边。日安。'记清楚了吗，伙计？好吧，振作精神。估计天黑前你要说上一两千遍。"

特雷尔先生离开后，对于敌人所受的这个惩罚忍俊不禁。他对这个世界满意极了，于是又拿中士开涮："按理说，你得去蹲监狱。不过我罚你在波比的有生之年，每月出一先令，用来给这位小士兵每周买根排骨或者买块牛排。"

两位达成协议，热忱地握手言和，分别之时俨然成了至交。回到店里，特雷尔先生见艾莉洗碗时不停地流泪，于是就叫她到石屋去，并叮嘱说要好好帮布朗太太干活儿。他在自己的店里也根本闲不下来，总是被一群身份高低不等、在墓园里没见着波比的失望的人们缠住不放。今天这一天招待的身份尊贵的客人，比过去八年多里招待过的贵客的总和还要多。

当天到墓园或餐厅来求见波比的所有身份尊贵的人最终都没能看上波比一眼。等他们都走后，廉租楼里的租户们又聚在了大门口，就像前一天晚上那样，并请求只看一眼波比和它的项圈。

"这只漂亮的小狗是孩子们共同的小狗，市长也亲口对他们说过不能冷落了小狗。"其中一位母亲恳求道。

嗯，这话不假！对于那些来看波比的贵客来说，波比不过是他们一时的兴趣。它的故事触动了社会的各个阶层。一时间，很多陌生人都会慕名而来，不过他们很快就会彻底忘掉它，顶多也只是偶尔会想起它。而墓园周边的这些穷人们，虽然他们本身都是些不被幸运光顾的人，却可以让波比每日享受到爱的温暖与陪伴。于是特雷尔先生亲切地说道：

"你们先等一会儿，我这就去把小狗接过来。"

经历过精疲力竭的奋斗与疼痛的折磨，波比美美地睡了差不多一整天。不过日暮时分的号角一吹响，它便急不可耐地要求被放出去。艾莉哭着求它别出去，珍妮太太跟它讲道理，布朗先生则是斥责，他们都想劝它当晚就在房子里睡。可是等大家稍不留神，它便钻出毯子，拖着脚步朝门口走去。看见特雷尔先生进屋，它高兴得尾巴连连点着地板。特雷尔先生用毯子把它裹起来，好让它舒服一些，然后带着它去大门口了。

足足有二十分钟，波比的邻居及朋友们安静地排着队，依次摸了摸波比那毛茸茸的小脑袋，看了看那块刻着波比及市长名字的宝贵牌子，终于相信了奇迹的发生。波比摇着尾巴，吐着舌头，间或舔舔某个小孩的手——有的小孩太小了，只得让高个儿的哥哥给举起来看波比；有刚学会走路的小孩，害羞地亲吻它的脑袋；有粗糙的男孩子们大手大脚地摸它。等他们都静静地离开后，特雷尔先生带着小狗绕过了教堂。

啊！这么多年了，老乔克的墓上第一次铺满了人们所敬献的鲜花。这座已下陷的坟头上放满了花圈、花束、水仙花、樱草花及雏菊，以至于不得不挪一挪其中一些，才能为波比留出点地方来。它在鲜花堆里闻了又闻，一脸疑惑地抬头望了望特雷尔先生，然后心满意足地依偎着鲜花躺了下去。它不理解这些花为什么会在这儿，就像它不能理解为什么人们一个个非要看那个项圈一样。这条窄窄的皮项圈还将被它藏在被毛中，过路人如果不细心看则完全注意不到项圈的存在；这些鲜花将会枯萎，永远不可能会重返绚烂；但是现在有一样更加美好的礼物，将终生陪伴着它。

在夜幕降临之后、城堡归营的鼓号声奏响之前，墓园每天都会有一种爱的仪式，这一仪式在波比的有生之年里从未间断。每一个新搬进廉租楼的孩子也很快便学会，而牙牙学语的婴童最初会说的话里也都有它。每个小孩临睡前都会打开窗，有时会举起一支蜡烛，烛光闪烁，宛如一颗爱的星星，亮在漆黑的夜里；也总会有张小脸探出窗外，朝凄凉的墓园里张望。仲夏时节，或别的季节每当月亮很圆且出得早的晴朗天气，都可以看见波比趴在老乔克的墓上。康复以后，它便开始四处巡视，总不忘到廉租楼的窗户下面溜达一番。

它不能出声，那不被允许。不过它会摇着尾巴，仰头表达自己的情谊。无论看见或是看不见它，孩子们都知道日落以后它必定会回到墓上，履行守护的职责；它总是孑然一身，因为它的主人去了天堂。因此他们都会清楚而甜蜜地对它道一声：

"晚安，波比。"

第十二章　永不消逝的传奇

在一件事情上，特雷尔先生想错了。一些身份尊贵的访客并没有把波比忘记。时间差不多又过去五年了，这只忠诚的高地犬不仅没被忘记，还成了当地的名流。

如果波比所守护的这座坟墓是在彭特兰山区或市郊公墓，那么它也不会被同时代的那么多人所认识，也根本出不了名。在所有教堂墓地中，格雷弗莱尔教堂墓园是久负盛名的一座。它位于老城中心，是爱丁堡的历史名胜之一。无论时间多么匆忙，观光客们也不愿错过它；年复一年，居民们也都会到这里凭吊。古老的墓碑上所刻的名字，对人们来说已毫无意义，除非那些名字能让人忆起些曾经跟爱、力量、勇气及自我牺牲精神有关的故事来。因此，在众多日渐损毁的墓碑之中，能看到一个鲜活的爱与忠诚的化身，自然让人感触良多。事实正是，这座墓得到了人们的关注。时至今日，尽管已过去整整四个年代了，但它依然是格雷弗莱尔教堂最引人注目的角落。人们虽然对墓的主人一无所知，却都记得一只小狗把自己的生命与爱全都付与了他。

几乎任何时辰你都可以在那里找到波比。随着一天天变老，它越来越不愿意长时间地离开，最经常的运动便是在邻近的荆棘丛中嗅嗅。天气好的时候，它常在主人墓上的草丛里多打几个盹儿，或是坐在那个坍塌的桌式墓上晒太阳；天气糟糕的时候，它就待在那块碑石下面守望着主人的墓，每次跟敌人战斗归来都还是会回到那个地方。游客们总是会停下来跟它说说话。逢着喜欢的来客，它还会同意人家念念自己项圈上的文字或是摸摸自己的头。因此，当柏德特·库茨夫人这位除了女王以外英格兰最伟大的女性从伦敦专程赶来看它时，在它眼里或许也只是最平常不过的事了。

那是六月的第一天，也是赫里奥特学校的"创始人之日"。波比跟往常一样，努力地干活儿，无忧无虑地嬉戏，在老乔克的墓上酣睡。年复一年，这只毛发浓密的小斯凯梗犬转眼已届暮年，但是它眼不瞎，体不弱，依然很快乐。一般来说梗犬没有那些懒惰的狗种活得长，但是直到临死都还是很积极的样子。它会到处乱跑让自己精疲力竭，然后像战场上英勇的士兵一样突然倒地而亡。

北方夏日的清晨，波比通常会随着鸟儿醒来，比城堡上的起床号早多了。它蹦蹦跳跳地沿着墓碑间回环的走道一路巡视，直到把所有出洞的老鼠都逮住或是吓回洞中，才又回到老乔克的墓上睡个小小的回笼觉。

鸟儿们在它四周或扑棱翅膀，或低头觅食，或蹦蹦跳跳，或叽叽喳喳，都毫无惧色。波比一动不动地躺着，鼻子架在两条前腿上，这种情景它们如今早看习惯了。那里经常会放着点好吃的，都是陌生人留给波比的。它早已明白，在自己身边丢上一块圆面包就如同摆了宴席，会引来有翅一族的光顾并赢得它们的信赖与美好陪伴。它醒来后就待在原地，吐吐舌头，眨眨眼睛，一会儿目光追随山雀们那忧郁的步调，一会儿侧耳倾听麻雀们蠢蠢的争吵及鹪鹩那泼妇似的叫骂。总是等到脚边的一只云雀飞起，空中随之传来流畅的旋律时，它才会起身。

但是在所有鸟儿中，波比最喜欢的是一只让它感觉舒服而亲切的知更鸟。它的巢是用草、青苔及羽毛搭成的，波比给了它好多根银丝。它的巢建得很低，就在附近的荆棘丛里。它以甜美而略带哀怨的啁啾跟这位狗伴闲聊，说所有的幼鸟都离巢了，新的一窝很快就又来了。在贵人来

第十二章 永不消逝的传奇

访的那天清晨,波比与那只红胸鸟相谈甚欢,直到廉租楼上的窗户陆续打开,孩子们纷纷问安:

"日安,波比。"

等波比回应了孩子们所有殷勤的问安后,塔米背着一堆大学书籍出现在了大门口。陈旧的坎伊纽克大楼被格兰诺米斯顿给拆了,塔米现在的居住条件改善了许多,他正为成为赫里奥特学校的一名教师而努力学习。波比看他布置停当后,便动身到石屋去行使护送布朗先生出屋的使命了。看守人拄着一根拐杖,腿脚很不灵便。现在有一个嘻嘻哈哈的小伙子在帮着他做事,不过这位老园丁总嫌人家干活不利索。在小伙子的协助下,他开始了修整墓园的活儿。

"噢,你这个没用的小东西,"他总是故意这么说,"快干点儿活吧,要不然俺去找只年纪轻的狗来替你,到时候看你能去哪儿。"

波比听后开心地跳到他身上,好像在说:"你看着一副冷酷的模样,实际上每个人都知道你心肠好。"

从早到晚会有不计其数的朋友们从大门口路过,这只小狗常常会待在边门旁候着他们。乔迪·罗斯医生和桑迪·麦格雷戈路过时,会握住波比伸出的前爪,亲切地称它为"漂亮的小淘气"。还有学生、职员、用人、劳工、工人、小商贩等,这些从波比记忆中的那些廉租楼里走出来的诚实而有用之人。还有沦落到——天啊——牛门街上的人；波比也会对此类不幸之人摇摇尾巴，他们中的一部分在这个世上没有别的朋友，唯一的朋友便是这只没有心机的小狗。

当早高峰这些熟悉的面孔一一走过、无一疏漏之后，波比就会跑到石屋和珍妮太太待上一个钟头。它被这位疼爱它的老妇称作"咕咕叫的小鸽子"——听起来滑稽得很。珍妮太太总是那么整洁，那么忙碌，又那么健谈，就像那只知更鸟一样。波比很爱看她烧美味的饭菜，给花草浇水，清理云雀的笼子，或是坐在炉火前或阳光明媚的门廊下为她那患有风湿的老伴儿织保暖长袜。

在外面的园子里，波比总会尽职尽责地跟在看守人身边。园子里要是有游客，它便不敢贸然小睡，除非有布朗先生看着。在长时间的亲密相处中，这位日益苍老的看守人都能猜得出波比的心思了。看见波比身子一抖、头一扬，只要珍妮太太在旁边他就会对她说：

"看哪，你看看它。这精神抖擞的小家伙又要逮老鼠了。"再有，只要它双腿有节奏地动起来，他就会说："它又要跟那帮小男孩们或那些英俊的士兵们跑去山坡玩了。"

波比经常醒来时会惊跳一下，样子晕晕的、呆呆的，对梦里的羊群记忆犹新。而当它半躺着趴在前腿上小睡时，有时会突然拉平身体，醒后还那么躺着，一动不动，能躺上好一会儿。珍妮太太便会说：

"上帝！小靓狗梦见主人死了，看它哭得多伤心。"

她便会带着凳子到墓边去陪它一块坐着。而布朗先生则叼起烟斗，悄无声息地走开，冲自己那个蠢助手一顿狂骂，他怎么能连紫罗兰与牛蒡都分不出来呢？

啊，谁会怀疑这一点呢！那情景、那遗言深深地镌刻在波比的记忆深处，令它常常重回到主人离去的那一刻，听到他那最后的一句话：

"回——家——去——孩子！"

老乔克在世时无家可归，死后去了为他准备的那个地方。而这只忠心耿耿的小狗也没家，这片神圣之地只是它暂时的栖身之所。它在这里等待着那扇神秘之门的打开，若足够幸运，从那扇大门进入便能找到自己的主人。

贵客来访的那天上午，波比观看了赫里奥特医院操场上举行的庆典。几百个男生的母亲及姐妹们都来了，一起观看盛大的板球比赛。波比跳过墙去，蹦跳着跑个不停，欢快地参与到了比赛中。当孩子们排好队，笑着闹着到小教堂做礼拜、再去食堂吃饭的时候，波比就待在墓园的围墙上，看着几百号学生跟它挥手道别："再见，波比！"随后传来了报时大炮的轰鸣声，小狗便向特雷尔先生的店里跑去，在那儿吃吃午饭，在长椅下睡睡午觉，这每日一次对特雷尔先生的拜访，真是雷打不动。

怡人的天气里，当客人散尽、圣吉尔斯大教堂上的钟铃声不再响起时，光着头、身着衬衣与围裙的店主总喜欢站在门口，跟任何能聊得起来的过路人谈论政治、文学、宗教，或是跟人讲波比的故事。对于一只爱热闹的小狗来说，在特雷尔先生身边待上个把小时是件很愉快的事。等它要离开时，它会把爪子放到特雷尔先生身上，让他摸摸自己的脑袋，然后听他用熟悉的方言说一句："再待一会儿吧。你不用走这么早的，孩子！"

听完这句话，它便会放下爪子，礼貌地叫上一声，摇摇尾巴离开。要是特雷尔先生真的很想再留它一会儿，他便故意不说出"孩子"这两个字眼——自老乔克去世后，再没有别人会如此称呼波比。但要是让波比等这两个字等得太久，它就会不耐烦地乱扫尾巴，一脸恳求地抬头望着店主，最后立起来作乞求状并哀怨地呜咽起来。

"好吧，那么，你要是待在俺这儿，俺一个钟头就那样叫你一回。好不好呀，迷人的小家伙？好啦，还待在这儿干啥？嗯——赶紧回吧，孩子！"店主略带责备地低头看着它，叹息一声。波比高兴地叫上一声，再舔舔那只它眷恋的大手，然后才会离开。

那天它回到墓园时已是下午三点多了。看守人到地势较高的那一端去忙活了,剩下小狗独自一只。离开主人的墓有好一会儿了,于是它在上面躺下了。午后的墓园里,四周一片寂静。那只知更鸟简短地喊了两声,因为周围没有别的鸟在,便跳上波比的脊背,在它头上停了下来,鸣了一曲。就在这时候,大门"咔嗒"一声开了。柏德特·库茨夫人从马车上走下来,跟车夫交代好让他五点钟来接,便走进了墓园。

波比抱着迎接朋友的心态绕过了教堂。它仰头认真地盯着那位夫人看,而那位夫人也站着不动低头看它。她的长相并不美,也不年轻了。事实上她比女王陛下还要年长几岁,而女王陛下已是位寡居的祖母。但是她看上去高贵典雅、宁静温和而又从容淡定,仿佛要把所有的时间都留给这只小狗;而一团毛球般、惹人怜爱的暮年波比,也立刻俘获了她的心。它很确定这个陌生人懂得且在意它的感受,便转身带她来参观老乔克的墓。当她在那个桌式墓上坐下来后,它走上前去,让她看自己的项圈,并接受她的轻抚,哪怕她说一口不一样的英语,还称它为"小狗达令"。然后它躺下去,目不转睛地盯着她看,悠闲地吐着舌头,一脸满足地享受着她的陪伴。

阳光洒在墓园那布满鲜花和绿草的山坡上,暖洋洋地浸润着风霜侵蚀的墓碑及廉租楼的一扇扇后窗。那只知更鸟叽叽喳喳地叫着，在波比爪子之间的空地上啄面包屑吃。除了这两只可爱的小动物，尊贵的男爵夫人对周围的很多事物都饶有兴趣。不一会儿，大门又开了，乔治广场附近一家大户人家的女仆从教堂边上走了过来。在珍妮太太的调教下，她成为一个穿戴整洁、态度温柔的娇俏女佣。只见她身穿黑色长袍，腰间系着白色围裙，帽子的褶边下面露出一头金褐色的鬈发，不知她前一天晚上又梳了几回呢。

"是艾莉，"波比伸长脖子，翘起尾巴，仿佛在说，"每个人都认识她。"

这个女佣有一小时的外出时间，因此特地赶过来跟波比说说话。她没打算长待，不过这位平易近人的夫人却问起了感兴趣的事。

"那边大楼上的窗户擦得很亮啊。"

"嗯。要是不擦玻璃，孩子们就看不清楚波比了。"女孩揪着她心爱的小狗那两只耳朵玩，波比不停地把鼻子往她身上凑。

"很多窗台上都养了花或者做饭用的香料。"

"以前可不是这样的。那时候窗外总是挂满了晾晒的衣物。而现在，妈妈们都是晚上才把衣服晾出来的。一切都跟俺童年时的情形不一样了。孩子们都很爱波比，从来不愿冷落了它。"看见塔米拄着拐杖从教堂那边走过来，她便冲他问道：

"塔米，自打波比住进墓园以来，有多少年了哦？下雪天特雷尔先生请我们吃野餐那时，你才五岁多，快六岁。"目光交流中，他们忆起了可怜的童年时那仅有的快乐时光。

"我现在都快二十了。差不多已经过去十四年了，艾莉。"塔米讲话已经很标准了，不过他还是会偶尔穿插一两个方言的发音，为了不让依旧带着浓重口音的艾莉感到尴尬。

"那么久了？"夫人低声说道，"对于梗犬来说，这已经是很高龄了。"

波比貌似不服，它突然冲下山坡，惊得一只画眉鸟直叫。它速度依然惊人，回来时却已气喘吁吁。夫人把手放到它那微卷的被毛上，感觉到了它那扑通扑通的心跳。然后看了看它那磨损严重的牙齿，把它脸上的饰毛撩了起来。虽然它那褐色的眼眸光彩不再，却依然柔软、深邃而吸引人。

廉租楼上的孩子们从窗户里往下看着这安静的几个人，不知道为什么自己也很想跟他们待在一起，于是他们一个个都跑到了墓园里来。几乎同时，一阵白花花的瓢泼大雨转瞬间便落了下来。他们欢笑着飞快躲到了新教堂的门廊下面。波比也跟着蹦蹦跳跳地跑了过去。孩子们虽然穿的都是节日里才穿的衣服，不过也还是破破烂烂的衣服。他们都围着男爵夫人坐了下来，波比也在她身边懒洋洋地吐着舌头，她给大家讲起了好听的故事。

她讲的都是关于伦敦附近的一处美丽的乡村居所的故事。这一居所名为"冬青小舍"，因为它的篱笆总是绿意盎然，还结着红色的浆果，哪怕在冬天也是一样。一位没成过家的女士住在里面，她养了各种各样的宠物来陪伴自己。彼得与"王子"是她心爱的两条狗；"傲娇"是只鹦鹉，说起话来十分好笑；"加内特爵士"是一头羊——到底是什么品种的羊，她自己也不清楚；还有一匹又肥又懒的矮种马，早就退休不干活了，日日有燕麦与苜蓿供着；哦，当然，一定不能忘了，还有一头白驴！

"哇，俺还不知道世界上还有白驴呢。"一个大眼睛的男孩说道。

"白驴应该比较少见。这位女士是怎么拥有一头白驴的，这里面还有个故事呢。一天，她乘车在伦敦一条破落的街上走着，看见一个果蔬小贩在鞭打它那疲惫不堪、不肯前行的驴子。那位女士下了车，从小贩的车斗里取了几根胡萝卜喂给它吃，又温柔地在它的大耳朵边上说了几句话，在它鼻子上轻抚一番，那只可怜的牲畜便立马好了起来，愉快地拉着沉重的车子出发了。后来有很多小贩都懂得了不能打骂为自己卖力的牲畜，虐待它们是一种恶毒且愚蠢的行为。他们费了一番工夫,搞到一头白驴送给了那位女士。那天他们往它脖子上套了一个花环,把它放在一个高台上,四周围满了看热闹的人。被玫瑰与雏菊装饰起来的它看起来很可爱、蠢蠢的,惹来人们的一阵阵欢笑,而那位女士却很为它自豪。如今这只被惯坏的驴子终日无所事事,就只会把淋浴椅拉来拉去地玩,或是在草场上尽情地享受美好时光。"

"还有别的故事吗,夫人?"

"哦,很多。有一回,'王子'——那只猎狐梗犬,生病了,医生给它看过后,说是女主人给它进食太多的缘故。这很有可能,因为女主人总是喜欢看到孩子们与动物们有很多很多东西吃。这位女士认识许许多多贫穷的孩子,并深深地爱着他们。他们曾经都住在又黑又脏、拥挤不堪的廉租楼内,就像牛门街与格拉斯集市上那些被拆掉的破楼一样。"

"在那样的地方,小孩子们很容易打架。"一个小孩认真地说,"要是他们也有一只像波比一样的漂亮小狗可以去爱,还有一个鸟语花香的古老墓园可以去玩,那么他们也不太会打架了。"

"我很确定这一点。嗯,那位女士建了一座崭新的住宿大楼,十分宽敞,采光与通风都很好。还有配套的市场,他们可以花更少的钱去买到更好的东西；以及一座大教堂，同时也算是一所学校，大人和小孩都可以在里面学到很多东西。她每年都为附近的孩子们准备美丽的圣诞树，并举行圣诞宴会，还把'冬青小舍'的所有树篱都用彩条装饰起来，带彼得、'王子'与鹦鹉'傲娇'跟大家一起玩，给大家讲最新鲜的趣事。明年圣诞节，她打算讲讲格雷弗莱尔·波比的故事，还有它的那些苏格兰小朋友们是怎么因为它而变得更礼貌、更干净、更快乐的。"

"每个人都爱波比。从来没人虐待或是冷落过它。"艾莉深思熟虑地说道。

"哦，亲爱的，那是整个故事中最动人的部分了！"尊贵的男爵夫人神采奕奕地说道。

雨停了，太阳又出来了，孩子们一个个都被喊回家了。他们走的时候，都是煞有介事地跟贵客和波比作别，一副恋恋不舍的样子。在这个过程中，艾莉跟自己的发小吐露了一番心里话。

"塔米，夫人也说，波比年纪大了。俺知道斯旺斯顿谷地有一处地方，旁边有条小溪，溪边有开满洁白花朵的山楂树。歌鸫跟画眉都在树上筑巢，终日叽叽喳喳悦耳地鸣叫。那里离得不太远，方便孩子们去看。"艾莉知道夫人听到了他们的谈话，于是她转身对夫人解释道，"俺们答应了市长,要好好安葬波比。您知道,他们是不允许小狗葬在墓园里的。"

"是吗?我没想到这一点。"她感到有些意外,语气沉重起来。然后走进草丛里,对着小狗沉思了一会儿。波比感到他们这些伤感的话语跟自己有关,一脸茫然地试图去理解那些话的含义。塔米跟艾莉也走了过去。

"您觉得波比能感觉到不同吗?"艾莉内心分外难过,不由得睁大了那对蓝色的眼眸。

"我不知道,亲爱的。但是无论人间给予它多少的爱,到了天国都能装得下。"

她沉默不语地朝大门口走去,脑子里已经在酝酿着一项大善之举。最后她开口说道:"小狗非常喜欢你俩。尽量多陪陪它吧,我感觉它美好的一生就要走到尽头了。"她停顿了一下,脸上忽地露出了灿烂的笑容,好像想出了什么解决办法似的,又开口说道:"在我从伦敦回来之前,千万别让波比死去。"

一周以后,她便回来了。在那一周里,为了波比的事情,她发出的信件与电报满天飞,她来来回回不知跑了多少个地方。一天清晨,她回到了墓园,还有个人陪着,那就是市长阁下。五年过去了,格兰诺米斯顿领主,钱伯斯先生——不,如今已被女王封了爵位,应该称他为钱伯斯爵士,依然是爱丁堡市的市长。

很快特雷尔先生也来了。他被约来为柏德特·库茨男爵夫人讲述波比的故事。他受宠若惊，往日里常口若悬河的他一时之间竟激动得一个字也吐不出来了。但无论是廉租楼里的穷孩子，还是伦敦街头的小贩子，在男爵夫人面前都不会拘束太久。很快，他们三人便在教堂门廊下面畅聊起来。波比欢迎过他们，便在太阳地儿里眯了一会儿，又跟那只知更鸟在老乔克的墓边玩耍起来。店主受到鼓舞，彻底摆脱了结结巴巴的状况。从老乔克凄凉地说出"波比不是俺的狗"，到上次这只真正的高地犬以近乎悲壮的方式，向人们表明了这座无名墓里躺着的主人有多么地让人无法忘怀，其间有哪件事是他不记得的呢？

他简述了发生在"哈多牢房"的那一幕，贫穷的孩子们在祭坛前慷慨地为它奉献了一腔纯洁的爱心与慈悲；讲了大家为了寻找刚被准予饲养却又走丢了的它，不知耗费了多少灯油与蜡烛；还讲了它冒着大雾从城堡上爬下来，搞得满身是伤，后来由一位从赫里奥特毕业的学生悉心照料了一个月。那次铤而走险留在它脚上的伤疤，直到现在还在呢。他自己也是懊悔至极，曾跟着牛门街医疗小分队的诵经人去看了那条大学巷，老乔克就是在那里去世的。此刻他又描述了一番那个古典的白砂岩壁炉，以及壁炉旁

第十二章　永不消逝的传奇

简单搭建而成的板床。那位彭特兰牧羊人最后就是躺在那张床上，犹如石雕一般，而小狗就趴在破旧的炉膛下面守护着他。

"多值得为此立一块纪念碑啊！"男爵夫人眺望着山坡上正在熟睡的波比说道，"我猜波比应该没有画像吧。"

"有，夫人。我店里挂着一张画，是丹尼尔·麦克利斯[①]先生画的。一两年前，就在他逝世之前，他来过这里办什么差事，总到我店里喝茶。我跟他讲了波比的故事，他就为我画了张波比的画像，权作纪念。"

[①] 丹尼尔·麦克利斯（1806—1870）：爱尔兰画家。

"那您一定很珍视这幅画，特雷尔先生。麦克利斯先生是一位很有才华的艺术家，不过他并不是专画动物的画家。自从兰西尔[①]不再作画以来，再没有擅长动物画的人了。"

"男爵夫人，建议您在爱丁堡的宴席上可别说这样的话，"格兰诺米斯顿笑着说，"老烟城[②]引以为豪的古尔利·斯特尔先生，最近还被召进巴尔莫勒尔堡去为女王的狗狗们作画呢。"

"那个人！我看过他那幅漂亮的油画《溪流与田鼠》。那人不就是司各特纪念塔雕塑及群像的雕刻者——约翰·斯特尔阁下——的弟弟吗？"她眼神一亮，补充道，"你们这里有这么多的艺术天才，不用在该用的地方岂不是暴殄天物？"

什么是"该用的地方"，很快便在教堂里见了分晓。在那里，她着实让格兰诺米斯顿与特雷尔先生捏了一把冷汗。她对格雷弗莱尔老教堂的牧师及官员们说："等波比死后，我想让它与它的主人合葬在一起。"

两个教堂圣会的每位成员都知道波比，并以它的盛名为骄傲，然而波比的存在始终都未引起教堂官方的关注。

[①] 兰西尔（1802—1873）：英国画家与雕塑家，擅长表现动物的健美和生气，特别是画犬甚得其妙。
[②] 老烟城：指爱丁堡。

波比受到身份如此尊贵的男爵夫人的重视，长老与执事们实际上都大感意外，甚至有些难为情。在整个英国，想要对柏德特·库茨夫人说"不"，真不是件容易的事，因为她总能唤起人民大众的理解与支持。但是，就这件事，他们宣布不予考虑，认为将狗葬在这座有着历史意义的墓园里是对本市的亵渎。针对这一反对意见，格兰诺米斯顿严肃地说："大家对波比都有着一种非同一般的情怀。我倒愿意针对这件事情发起一次民意调查。"

教堂的官员们纷纷举手表示赞同。他们也想看看大众的反应，然后做出决定。但是他们提出，假如最终同意波比与主人合葬，那么事情也不可以办得太张扬。当然，赫里奥特的学生们可以隔着围墙观看，廉租楼上的孩子们也可以站在窗边向下观望。不知男爵夫人意下如何？

"也只好那样了。"夫人微笑着说，嘴角微微地颤动。

在那个年代，女性在公共场合是很少有话语权的。她却要发表一次公开演讲，呼吁大家赞同她去做一件前所未有的事情。

"我想为他们立一块纪念碑，因为这位连名字都没留下的牧羊人唤起了如此深沉的一份爱，而这只小狗则淋漓尽致地奉献了它全部的爱！啊，先生们，请先不要拒绝我。"她简略地描述了心中的想法：古典的壁炉、死去的彭特兰山区的牧羊人及扑倒在地守护着主人的小梗犬。

"无可追忆的老人与他忠心耿耿的狗。我们防止虐待动物协会发现：让人们承认动物的生命同样神圣不可侵犯，是多么难；让人们认识到虐待动物也将对人类产生极其不利的影响，是多么难；让人们明白心怀慈悲有着巨大的精神价值及实际价值，是多么难。我们坚信狗也有感情，坚信它也会全心全意地付出而不求回报，坚信它也会为主人的逝世而流泪，事过多年对主人依然念念不忘，多少人又会对此一笑置之？在苏格兰，二十年前你们伟大的厄斯金爵士是动物保护的先驱，沃尔特爵士也在自己的文学作品中表达了对小狗深深的眷恋，还有布朗医生[①]与不朽的拉布之间的故事。纵观历史，对动物的保护是一项任重而道远的事业。

"在所有关于狗的记载中，格雷弗莱尔·波比的故事是其中最完整，也是最令人称奇的。千千万万的人都见证了它忠诚的一生，市长也在公开场合将自由的权利赋予了它，我想，这绝对是前所未有之事。一切美好的品质在这只忠心耿耿、讨人喜欢的高地梗犬身上，都得以淋漓尽致地表现；而对于那些认识它的人们来说，它好像也把他们

[①] 布朗医生：指约翰·布朗（1801—1822），苏格兰作家。他的短篇小说《拉布与它的朋友们》是谈狗的无上佳文。

身上那些最优秀的品德都激发了出来。千真万确,十四年来,成百上千的贫困儿童因为对波比的了解、爱护与付出而变得更善良、更快乐。"

她略有些局促地停顿了一下,想了想在这番热情洋溢的讲话之后,下面的话该怎么说。她继续说道:"波比并不需要为自己立纪念碑,然而我认为我们需要为它立一块碑。这样,后世才会永远铭记一只忠犬那深沉的爱对自己、对他人有何等重要的意义。"

当日男爵夫人无疑是赢得了大家的支持,但是要在城里树一座纪念碑这件事,必须提请市议会审议。在市议会讨论过程中,一些原本坚决反对此事的议员们态度意外地好转。尽管有民意的广泛支持,但这项提案最终仍未通过。然而,议会同意柏德特·库茨夫人在乔治四世大桥一端、正对着墓园主入口的地方为波比建一座合适的纪念物。

在这一公共场所建一座坟墓肯定是不合适的,究竟建何种形式的纪念物这一问题一直悬而未决。直到一天上午,偶然发生了两件事情,这个问题的答案才宛如花朵一般在男爵夫人的脑海中自然而然地绽放。那天她去墓园看画家为波比作画。画家每天上午都在那里画画,他画过在老乔克墓上趴着睡觉的波比,画过在桌式墓上坐着的波比,也画过站着作乞求状、让人无法拒绝的波比,但没有一幅能让他满意。

给波比画画真是耗时耗力，困难重重。它跟别的梗犬一样，总是好奇心重，活泼好动。它不明白为什么一定要保持不动，必须仰着头或是低着头，尾巴也得保持一定的高度；它认为那个"怪人"的一切建议都没有道理，并全部置之不理。它对画布上那个一会儿出现、一会儿消失不见、一会儿又以新的姿态再次出现的奇特小狗特别感兴趣。有一两次它曾想跟画上的小狗混混熟，结果却刮坏了画家刚画好的内容。它总是摆不了多长时间的姿势，便要绕到画架前面去看画布上小狗的最新样貌。

过了些天，波比对画家及画家的工作失去了兴趣，又恢复了往常每日照例要做的事情，对画家视若不见。一天上午，这小梗犬立坐在那个桌式墓上，仰头眺望着城堡。晨光中的城垛间，云彩流转，飞鸟盘旋。

它就那样静静地待着，或许在思索着什么，也或许没有；画家是低着头往下看波比的，根本看不到它脸上的表情。突然之间，他幡然醒悟：你必须处于与它同样的高度才能更好地观察它。于是不怕在孩子们面前丢面子，他仰卧在草地上目不转睛地观察波比，直到它挪动起来。然后他把小狗又放在了一个稍高于双眼的台面上。此时的波比一点儿都不介意他在做什么，只是继续观望着这个主人不复存

在的世界,眼神从容而忧郁。它好像以一种极其简明的方式在诉说着:

"我已独自等待这么久了,还要再等多长时间啊?也该让我去见老乔克了吧?"

男爵夫人走进墓园来看画家的进展,一见到这一幕,便禁不住热泪盈眶。画家正在飞速地挥动画笔。她坦言自己也曾仔细看过波比的眼眸,但却从未真正见过它如此哀伤的眼神。必须给它立这样一尊铜像:小狗凝望着墓园大门,对来来往往的路人诉说着自己的故事。这一简洁的纪念物的形象,在她脑海中清晰起来。她离开墓园时,觉得好像没什么好增添的元素了。

在她上车时,从森林大道走来了一只虽高贵却垂头丧气的柯利犬。它劳累了一上午,把羊群从彭特兰山区赶到了牛羊市上。为了找水喝,它走了很远的路,却还没找到。它沿着排水沟不停嗅着,间或发现几块近日雨水留下的淤泥便舔上一两口。这位曾经在伦敦街头给小贩的驴子喂过胡萝卜的女士,急匆匆地走进格雷弗莱尔老餐厅,问特雷尔先生要一盆水。店主以为自己听错了,于是问道:

"男爵夫人是想要一杯水吗?"

"不,是一盆水,一大盆水,要快。有劳了。"

她从他手中接过水盆,迅速走到外面,把水盆放在了口渴的牧羊犬身下。柯利犬急切地一口气喝光了所有的水，抬起头摇着尾巴，又往夫人身上舔了舔，想再要些水。特雷尔先生又端了一盆水来，就牧羊犬的饮水量发表了一番看法：

"一盆水是不够它喝的，因为它总是在荒野湖泊中喝水的。这附近来来往往总是有很多狗。每周三都会有很多狗从格拉斯集市那边过来；平日里，会看到居民区人们养的宠物狗、从高街那边经大桥过来的各式各样的狗，以及牛门街上那些可怜的流浪狗。野猫也是到处乱窜。我这人心肠好，也善于观察，男爵夫人，可直到今天，我才想到这些动物们可能经常会渴得要命。"

"能想到这一点的人太少了。大多数人都能喜欢某一只狗、某一只猫或某一匹马，并时刻关注它们的需求，但是对所有其他仰仗于我们的动物却甚少上心。特雷尔先生，您喜欢像波比这样讨人喜欢的小狗，并悉心地照顾它，其实没什么了不起。"

店主倒吸了一口冷气。一直以来，他都坚定地维护着波比并悉心地照顾着它，对此他颇为自豪，几年来公众对他的盛赞更是增加了他的这种自豪感。后来他跟布朗先生坦言道：

"男爵夫人让我觉得，自己其实什么都没做，我所做的一切只不过是为了满足自己的私欲。哦，是她让我感到了渺小。"

柯利犬喝足了水，仰头感激地看着这位乐善好施的好人，还轻轻地蹭了蹭她，丰满的尾巴摇得跟面旗子似的，之后才跑开了。柏德特·库茨夫人沉思了一会儿说道：

"特雷尔先生，纪念物设计成一座喷泉最合适，喷泉有高低两个水池，其中低的那个池子跟路缘齐高。波比坐在喷泉中央的圆柱顶上，目光望向墓园大门。它的使命是将来往的行人及动物们引到自己身边，同情地把水分给他们喝。"

那年她又来了一次。在北上的途中，她在爱丁堡停留一晚，去看喷泉工程的进展情况。正值爱丁堡一年中最好的时节，大部分日子都是晴朗、干燥、寒冷的天气。但是男爵夫人来的那天，却起了大雾。黄叶纷飞，落在潮湿的墓碑上，落在挂着露珠的草丛上。她傍晚时分来到墓园，先往老乔克的坟头献了月桂花环。

波比从墓碑底下钻出来，身上干爽得很，同样干爽的还有它那根美味的骨头。它高兴极了，尾巴都快摇掉了。男爵夫人来到小屋前敲门询问自己跟波比可否进屋跟他们一起在壁炉前喝下午茶时，珍妮太太备感荣幸，立刻张罗起来。

大家围坐在干净的松木餐桌前,用她家最好的蓝色茶杯喝茶,品尝黄油司康饼及草莓酱,波比则在炉膛前享用完了稀饭和肉汤。壁炉里炭火不时地噼啪响上几声,火光愉悦地闪耀在云雀的笼子上,映照在锃亮的铜壶上。布朗先生取出短笛,奏起了乐曲《漂亮的敦提》。一身银色被毛的波比试图跟着节奏跳起来,却笨手笨脚地跌了两跤。它满含歉意地昂起头,好像在承认自己已经不能像以前那样跳舞了。它在炉前卧下来,伸着舌头,眨着眼睛,直到男爵夫人起身离开。

"我要去巴尔莫勒尔堡拜访几日,想带波比一起去,让女王陛下见见它。"

"天哪!"珍妮太太惊得叫出了声,而布朗先生的短笛掉在地上,碎成了几块。

波比攀在她身上,呜咽着,用自己的方式请求说:"别走,夫人!"它就像一位深情的老人似的,悲伤地跟自己所喜爱的人道别。它紧紧地贴在她身边,毛毛的脑袋在她的手掌下蹭来蹭去。它跟在她身旁,面色凝重地一路小跑,直到护送她走到等待的马车旁。直到最后一刻,她才悲伤地开口说道:

"女王还是亲自到爱丁堡来看波比吧。"

"那……那样的话,这只小狗就太荣幸了,夫人。"

第十二章　永不消逝的传奇

珍妮太太好不容易才憋出了一句话,而布朗先生竟一个字也说不出来。

夫人没有再说什么。她看着裹在帆布中准备越冬的纪念喷泉的基座,内心等待着——等待着春暖花开,流水解冻;等待着一座铜碑的落成,碑上刻着一桩感人故事的始终;等待着一尊毛茸茸的斯凯梗犬雕像完工并竖起;等待着——

女王来看波比时,恐怕它也不会知道了。

它不会知道,在一个公共假日里,大桥上、格拉斯广场上、宽阔的钱伯斯大街上及蜡烛制造商业街上,到处都挤满了人。他们中有地方法官和市议会议员们,有大学的教授和学生们,有城堡上来的军人,有附近的乘着马车而来的贵族们,有彭特兰山区的农民和牧羊人,有从赫里奥特列队而出的学生娃,还有廉租楼里那些身着节日"盛装"却依旧是破衣烂衫的孩子们。为了缅怀这只忠心的小狗,他们蜂拥而来。它不会知道,军乐为它而奏,鲜花为它而献,格雷弗莱尔老教堂的牧师为它祈祷,市长为它发表演说;它不会知道,男爵夫人看到帷幕揭开、那尊目光忧郁地凝视着墓园大门的小狗铜像露出之时,看到为来往的行人及牲畜解渴的泉水喷涌而出之时,因为开心而淌下的热泪。

"再见,再见,再见了,波比,最有爱心也最值得人爱的、我最亲爱的小狗！"她不禁潸然泪下，晶莹的泪滴"啪嗒啪嗒"落在波比那蓬蓬的小脑袋上。之后马车便在黄昏的雨幕中渐行渐远。

圣吉尔斯大教堂上的钟铃奏响，城堡上日落时分的号声也吹了起来。布朗先生花了好长时间才弄好边门，关了大门，并上了锁。风渐渐猛了，寒气加重。大桥上的路灯一盏一盏陆续亮了起来，火苗在寒风中瑟缩发抖。偌大的影子，如黑丝绒一般，覆盖了地势低洼的格拉斯集市。看守人突然感到头皮发冷，声音沙哑地开口说道：

"你老了，波比。你得承认这一点。这样雾蒙蒙的天儿，你还是睡在屋里好点。"波比也不愿跟这对老夫妻分别，跟着他俩走进小屋，看着他们进入惬意的厨房。不过等房门为它而开后，它还是摇摇尾巴道了别，跑到了教堂的另一边。老波比唯一的让步就只是，在恶劣的天气里睡在那块坍塌的碑石下。

如此细雨绵绵的秋夜！这凄凉的季节、凄清的时分，令人不由自主地思绪万千。幽暗的石阶上，一座座古老的坟墓神秘无比；寒风扑朔，烟雨迷蒙，让人看不清它们的形状。不远处的大楼上，一家家围坐着吃那吃不饱的晚饭。蜡烛和煤油灯的光，一片迷蒙。城堡之巅的光环，此刻也是微弱至极。偶尔一串脚步声从大门外传过来，或是一辆晚归的货车哐当哐当地路过。还有远处教堂里响起的钟声。即使在这样的夜晚，孩子们也会打开窗户，探出小脸朝凄凉的墓园张望。在黑暗中就着微弱的烛光，他们会朝着下面清晰而温馨地道一声：

"晚安，波比。"

他们虽然看不见波比，却知道它一定在那里。如今他们再也见不着它了，却依然知道它仍在那里——它的身体化为了那里的泥土，它的事迹也将跟那些令人敬仰的不朽英魂们一起永远被人们铭记。他们可以到小屋去瞻仰它那大名鼎鼎的项圈，还可以到喷泉那里看着它的铜像去回味它的模样。等到某一天，那扇神秘的大门为他们打开后，他们可能又会看见迷人的波比在青草地上，在淙淙的流水旁，欢快地奔跑着，与牧羊人主人寸步不离。因为：

人间的这份挚爱若能在天国里得以延续，波比将永远不必再与主人分离。

译 后 记

张凯航

　　《忠犬波比》是世界动物小说经典著作,由美国作家埃莉诺·阿特金森(1863—1942)创作。这部原本是为成年人而著的优秀作品,问世之后旋即得到了青少年读者的热捧。小说根据真实故事改编而成。主人公波比是一只斯凯梗小猎犬。它坚贞不渝地为逝去的牧羊人主人守墓达十四年,直至自己生命的终结。波比的执着与忠心令无数善良的人动容,其传奇故事曾多次被改编成电影,搬上大银幕。波比的纪念雕塑至今依然屹立在爱丁堡格雷弗莱尔教堂附近,一百多年来一直都是人们争相瞻仰的热门景点之一。

　　这是一个充满温情的传奇故事。在苏格兰彭特兰山区的牧场上,孤苦伶仃一辈子的牧羊人老乔克与幼年的小波比相依为命。老乔克由于年老体衰,遭牧场承租人弃用,被迫流落到爱丁堡,几天后就病逝了。忠心耿耿的小波比在主人生前对他不离不弃，在主人死后又坚忍地留在埋葬主人的墓园为他守墓。在为主人守墓的十四年间，它曾濒临饿死的边缘；曾克服重重困难、一路跋山涉水，从乡间牧场重返主人的墓地；胸怀对主人至死不渝的爱，却为此遭遇官司；曾迷失古堡，无奈地跳崖……它高贵优雅，俊俏迷人；它乐观活泼，机灵能干；它忠贞不贰，侠肝义胆。在为主人守墓的十四年间，正是由于这些高贵的品质，它征服了墓园的看守人、墓园门口餐厅的店主，以及租住在墓园周围贫民窟里的孩子们，赢得了他们无私的关心与爱护。正是有了这些关心与爱护，一只失去主人的小狗才能在风雨飘摇的冷漠的大千世界里充满爱意地好好活下去。

虽然故事充满了温情，作者的笔触却是客观而冷静的。她不动声色地刻画出了恢宏的时代背景，再现了19世纪中后叶苏格兰首府爱丁堡的衰败气象，既描绘了城市贫民蜗居的惨淡生活，也勾勒出乡村农场上农民们的困境与无奈；既影射了西方宗教改革的惨烈，又挖掘出某些社会体系的冷漠。而在这晦暗、炎凉的时代大背景衬托下，作者带我们领略了一幅荡气回肠的绝美画卷。这幅画卷的主题是"爱"！波比与主人之间的爱，是相依为命、至死不渝的爱；店主、看守人及孩子们对波比的爱，是纯洁无瑕、惺惺相惜的爱；柏德特·库茨夫人、市长及牧师对波比的爱，是有觉悟的大人物的爱。"一只小狗的生命同苏格兰首府最高层与最底层、最高贵与最低贱的人都连在了一起。""那悲惨的生活有了爱的浸润，连格雷弗莱尔教堂附近的廉租楼里也开出了奇迹之花。"无论是对社会背景的刻画，还是对爱之花绽放的描摹，作者始终都只是站在观察者的角度，以冷静的笔触带我们客观地领略书中所发生的一切，极少呼吁我们去恨、去抨击，也极少张扬地要我们去爱、去颂扬。在作者笔下，整个故事正如一条淙淙流淌的小溪，它只管发生，读者只管去感受，那爱的主题便会自然而然地潜入心中。

  这是一部能让你完全沉浸其中的好书。作为译者，我由衷地喜欢着优雅迷人的小波比。它的主人地位卑微，孑然一身，它却对他从一而终，不离不弃。它有条件去过丰衣足食的生活，却毅然决然地选择夜夜守在主人坟头露宿，十四年间，无一夜缺席。哪怕要掘地三尺，哪怕是悬崖道险，它都会不遗余力地重回主人的坟边。这种真挚的爱发生在一只小狗身上，着实令人动容。它虽是一只动物，不能言语，却能让你跟着它悲，跟着它乐，跟着它去探寻生命的绚烂。波比无疑是幸运的，因为在它周围有一群善良的人，他们无私地给予了它温暖与关爱。作为读者，我由衷地为这些人所感动：乐善好施且睿智的特雷尔先生、善良的看守人夫妇、穷苦而单纯的孩子们，以及那些虽处高位却依然懂得体恤弱者的"大人物"。有了他们的关爱，波比才不至于像别的流浪狗那样早早地饿死或冻死。在那样冰冷黑暗的人世间，他们所散发出的爱的光芒，如同点点星光，镶嵌在小波比的天空里，照亮了它的一生，成就了它的传奇故事。除了波比及它周围那些善良之人所带来的感动之外，这部经典著作还有一个吸引人之处，那就是作者对爱丁堡这座文化古城细致入微的刻画：威严的古堡、峡谷般的窄道、拥挤的建筑群、肮脏的贫民蜗居之所、凄凉却美丽的老教堂、迷人的港口与郊野……读完此书，真有种到爱丁堡古城畅游了一番的感觉，收获颇多。

"狗若爱你，就会永远爱你，不论你做了什么事，发生什么事，经历了多少时光。"让我们追随着波比的足迹，回到一百多年前的爱丁堡，去感受那幅灿烂的画卷吧……

（作者系大学教师，上海外国语大学翻译学硕士，出版《救虎奇遇》《老爸复活》等多部译作。）

附录一

作家档案

埃莉诺·阿特金森（1863—1942），本名为埃莉诺·斯塔克豪斯，阿特金森是其夫姓。美国作家、记者与教师。她出生于美国印第安纳州，曾先后在印第安纳波利斯（印第安纳州首府）和芝加哥任教，之后成为著名的《芝加哥论坛报》记者，以笔名"诺拉·马克斯"发表文章。1891年她与自己的同事、新闻记者弗朗西斯·阿特金森结婚。她跟爱人在芝加哥共同创办了青少年报纸《小纪事》。报纸中有小说连载的栏目，由埃莉诺负责寻找作者。但是她找不到合适的人，于是自己写起了连载小说。用她自己的话说，她是"偶然成为一名作家，而非有意为之"。

她最著名的两部作品是《忠犬波比》与《苹果佬约翰》。这两部著作都不是报纸连载作品，而是专门撰写的小说，并且二者都是为成年人而非为儿童所创作的。书尽管是为成年人所作，却旋即得到了青少年读者的喜爱。埃莉诺曾说过："很庆幸我在创作这些作品时，并没有想到过它们会受到青少年读者的热爱。若以儿童文学的笔吻去创作的话，很可能没有这么好的效果。"

一个多世纪以来，《忠犬波比》一书以其感人至深的故事情节及高超的艺术水准，成为最受欢迎的动物经典著作之一。

附录二

作品万花筒

《忠犬波比》是世界动物小说经典著作,由美国作家埃莉诺·阿特金森于1912年创作。

小说根据真实故事改编而成,背景设定在19世纪中后叶的苏格兰。主人公波比是一只斯凯梗小猎犬,挚爱着自己的主人——牧羊人老乔克,在艰难的生存环境中与主人相依为命。主人去世后,被葬在爱丁堡著名的格雷弗莱尔教堂。波比依然坚贞不渝地爱着主人,为其守墓长达十四年,直至自己生命的终结。十四年间,无论酷暑寒冬,也不管世事羁绊,小狗夜夜都会在主人墓前忠诚地陪伴,从不缺席。波比的传奇故事先是打动了教堂周围那些善良的人,继而引起了爱丁堡市各个阶层的关注。波比成为当地的"名流",引得人们争相探访。在波比离世后,人们为波比立了一尊铜像。这尊纪念雕塑至今依然屹立在爱丁堡格雷弗莱尔教堂附近，是爱丁堡市的热门景点之一。

《忠犬波比》通过刻画动物与人、人与人之间的温情故事，展示了爱的正能量，令人动容。该书故事感人，笔触冷静，引人入胜，一经出版，便被奉为世界动物小说经典典藏作品，被译为多国文字，多次重印。后世流传的关于波比故事的各种版本，多数都是以此书为基础改编的。波比的传奇故事也多次被改编成电影搬上银幕，如1961年迪士尼公司出品的电影《绿野小英雄》，以及2005年英国电影公司制作的电影《忠狗巴比传奇》等。